Elämän langat

Pirjo Pursiainen

Kustantaja: BoD · Books on Demand GmbH,
Helsinki, Suomi
Kirjapaino: Libri Plureos GmbH, Hampuri, Saksa

ISBN: 978-952-80-8379-5

Lukijalle

Tämän kirjan tarinoissa on faktaa ja fiktiota. Suurimman osan olen kirjoittanut Siilinjärven kansalaisopiston elämänkertakirjoittajien piirissä vuosina 2022-2024. Mukana on muutamia Uutis-Jousessa julkaistuja tarinoita.

Jotkut asiat saattavat toistua, koska ne sivuavat samoja tapahtumia. Kirjoitukset kertovat mummoni Malviinan ja ukkini Yrjön, äitini ja isäni sekä minun ja perheeni elämästä. Olen saanut olla osana tätä sukupolvien ketjua.

Mukana on myös muutamia kertomuksia lapsista.

Kirjan loppupuolella on tarina äitini Irene Pursiaisen (omaa sukua Hiltunen) ensimmäisestä koulupäivästä hänen itsensä kirjoittamana. Se kertoo Irenen elämästä vuonna 1932. Löysin sen äitini papereista hänen kuolemansa jälkeen.

Minusta kirjoittaminen on mukavaa, se tuo minulle iloa ja voimaa.

Elokuussa 2024

Pirjo Pursiainen

Sisällysluettelo

Ongella 1916

Yrjö Pursiainen oli 15- vuotias, isokokoinen poika. Hän istui ongella kotinsa lähellä olevan Pohjalammen rannalla. Sohvi äiti oli ollut vailla soppakaloja. Oli varhainen kesäaamu. Ympärillä kasvavat puut heijastuivat lammen pinnasta. Siellä täällä veden pinta rikkoutui, kun pikkukalat hyppivät. Metsä henkäili kesän tuoksuja. Lintujen konsertti oli taukoamaton. Kaukana kukkui käki. Yrjö laski, käki kukkui 19 kertaa. Poika pohti elämäänsä mielessään:

"Viistoista vuotta täätin helemikuussa. Rippikoolu ja kansakoolu kääty. Elämä oes eessäpäen. Muistan, kun veljet Jussi ja Ernesti mänivät Ameriikkaan, siitä on jo viis vuotta. Ernesti ol samanikkäinen, kun minä nyt. Kotona ouvat vielä Martti ja Tuavetti, ja Leevi. "

 Yrjön ongella nousee kala toisensa perään. Vasussa on jo ahvenia ja särkiä ja muutama lahnanparkki.

"Ol se ikävee, kun meiltä kuol pikkunen Bertel. Ei kerinnä vuottakkaa täättee. Se ol seoraavana vuonna poikiin lähön jäläkeen. Kyllä ol vaekeeta äetiraakalle ja isällekkii ja meelle jokkaeselle. Oespa suanu ellee! Isä tek sille pienen arkun. Kehto nostettiin ullakolle. Ee oo tullu uusia lapsia ennee äetiltä.

Mitehhän se meejjän poikiin elämä männöö? Martti, ku on vanahin kotona olevista poijista, jiäpi varmaan kottalon isännäks.

Talavella olin miesten matkassa savotassa. Rankkoohan se ol, vuan kyllä minä jaksan. Oon aeka voemakas. Pärjäsin hyvin niissäe hiihtokilipaeluissa. Suksilla mäntiin savottaannii.

Mualimalta sitä kummia kuuluu! Vennäänmuan keisarin kerrotaan luppailleen Suomen kansalle itsenäisyyttä. Mitehhän siinä käänöö?

Onneks tulloo näetä kaloja, nii äet keettää hyvän keeton. Ja onneks meillon ommoo muata, nii että suahaan viljoo ja leepee. Ee tarvii ihan nälässä olla.

Minnäi aion männä siihen Kuuslahen näätelmäkerhoon. Kokkoontuuvat Julukulan isossa tuvassa. Tuavetti ja Marttikkii aikoovat sinne lähtee. Tiijä vaekka Malviinakkii tulis! Meenoon pyytee sitä juhannuskokolle ens viikolla. Siinä on sitten mukava tyttö. Ja niin ahkera. Lähtisköhän Malviina polokalle minun kanssa? Ohhan sillä muitai tansittajia...

-No, kah, Kalleko se siinä?"

Iso, harmaa kissa on tullut rantaan. Yrjö antaa sille kiisken kalavasustaan. Nopeasti kissa syö sen. Ruodot vain rouskuvat hampaissa.

Häntä pystyssä kissa seuraa poikaa kotipihaan uuden makupalan toivossa.

Eipä aavistanut Yrjö, että käki kukkui hänen loppuelämänsä vuosien määrän.

Malviina pääsee kiertokouluun 1906

Kolehmaisen perhe asui Kuuslahden Pahkamäessä kolmen huoneen talossaan. He viljelivät maata ja hoitivat karjaa. Heikki Johan Kolehmaisella ja hänen vaimollaan Loviisalla oli kuusi lasta, Hilma, Taavetti, Anna, Malviina, Mari ja Lyydia. Loviisa sairastui rintatautiin. Tauti oli kuolemaksi. Kuollessaan hän oli raskaana. Vauva menehtyi myös.

Heikki ja Johanna Kolehmainen

Heikki sai pieniä lapsiaan hoitamaan Johanna Smolanderin, joka oli häntä kymmenen vuotta nuorempi. Johanna piti lapsista.

Elettiin vuotta 1906. Suomessa oli ensimmäiset eduskuntavaalit. Venäläistyttämiskausi oli loppunut muutama vuosi aikaisemmin. Suomessa naiset saivat äänioikeuden ensimmäisinä koko maailmassa yleislakon jälkeen. Sosiaalidemokraatit, jotka ajoivat työläisten etuja, voittivat vaalit.

Hilma, 15-vuotias ja 11-vuotias Anna olivat jo palveluspaikoissaan piikoina ja Taavetti, kolmetoistavuotias, oli päässyt rengiksi.

Johanna ja Heikki oli vihitty, ja heille oli syntynyt kaksi poikaa. Vilho oli nyt 4-vuotias ja Aatu kolmen vanha. Nuorimmat Loviisan, Heikin ensimmäisen vaimon synnyttämistä lapsista olivat seitsemän- ja kuusivuotiaat Mari ja Lyydia. Malviina oli vanhin kotona olevista lapsista, kymmenenvuotias. Hän katsoi pikkusiskojen ja veljien perään, kun vanhemmat olivat talon töissä ja teki kotiaskareita. Malviina kävi tarpeen mukaan myös paimenessa, se oli vähän yksinäistä, mutta muuten mukavaa. Sai olla rauhassa, eikä tarvinnut selvitellä sisarusten riitoja.

Taavetti kertoi kotona käydessään, että Suomäessä alkaisi syksyllä kiertokoulu. Sieltä saisi aapiskirjankin ja katekismuksen. Talon isäntä oli luvannut, että Taavetti saisi mennä kiertokouluun, kunhan iltaisin auttaisi talon töissä.

Malviina ajatteli mielessään, että pääsisinpä minäkin. Eräänä aamuna paimeneen lähtiessään hän otti asian puheeksi.

"Minnäi tahtosin kiertokouluun, kuulkee äeti!"

" Ooppa hupajamatta! Kotona tarvitaan, pentuin perrään kahtomaan", äitipuoli Johanna tyrmää heti ajatuksen.

"Suavat aapiskirjattii", Malviina vielä yritti.

"Miehelään määt kuitennii, enemmän tarviit oppia talloostöetä", Johanna oli varma asiastaan.

Isä Heikki kuuli tyttärensä ja Johannan keskustelun. Kun Malviina oli mennyt paimeneen, hän kertoi mielipiteensä.

"Kuule, eiköhän myö piästetä Malviina kiertokooluun! Eihän se kestä, kun muutaman viikon. Pärjeehän tuo Mari jo sen aikoo pienimpiin kanssa."

Johanna on hiljaa.

"Sinnäi kävit punasen viivan piirtämässä iänestyslappuun kevväällä, ne ovat nyt uuvet ajat tulossa. Meijän pittää ajatella tyttöin tulevaisuutta, tiijä mittee vielä on eessä päin! "

"No, mänköön sitten tyttö, kun oot kerran sitä mieltä", Johanna myöntyi.

Kun Malviina illan suussa toi lehmät kotipihaan, hän sai kuulla uutisen. Hän pääsisi syksyllä alkavaan kiertokouluun ja saisi oppia lukemaan! Kirjaimet hän olikin jo oppinut Lastenystävä-lehdestä, jonka isä Heikki oli lapsille tilannut sen alettua ilmestyä vuoden alusta.

Malviina oli niin hyvillään, että kävi poimimassa tuohisellisen metsämansikoita ja mesimarjoja läheiseltä aholta. Koko perhe sai herkutella marjoilla ennen nukkumaan menoa.

Malviinan elämästä

Nilsiän Sänkimäestä muuttivat Kuuslahden Pahkamäkeen 1893 Heikki ja Loviisa Kolehmainen perheineen. Heillä oli kolme lasta, viisivuotias Anna, neljävuotias Maria ja yksivuotias Hilma. Pahkamäki oli Heikin ukin Juho Kolehmaisen omistuksessa ollut tila. Heikki sai sen osittain perintönä. Tila oli kukoistava, lehmiä oli ainakin kaksikymmentä.

Elämä jatkui. Pahkamäessä asuessa Kolehmaisille syntyi vihdoin ensimmäinen poika Taavetti vuonna 1894. Loviisa -vaimo oli sairaalloinen. Taavetin jälkeen syntyi vielä Malviina v. 1897 ja Lyydia s. 6.3.1901. Nuorimman synnytyksestä Loviisa vaimo ei toipunut, vaan kuoli vauvan jäädessä vain muutaman kuukauden ikäiseksi,13.6.1901. Toiseksi nuorin, Malviina oli silloin neljävuotias.

Isä Heikki otti aluksi lapsia hoitamaan Johanna Smolanderin, jolla oli itsellään yksi yksinäinen lapsi, lähes Lyydia-vauvan kanssa saman ikäinen.

Pian Heikki ja Johanna menivät naimisiin. Heille syntyi kaksi poikaa, Vilho 2.1.1903 ja Aatami 1.5.1904. Lapset oppivat työtä tekemään, sitähän isossa talossa riitti. Kylillä kiersi koulumestari, jolle isännät maksoivat jyviä kapan vuodessa jokaiselta "savulta" eli taloudelta. Koulumestari piti kiertokoulua. Se kesti kaksi viikkoa kerrallaan.

Malviinakin pääsi kiertokouluun. Hän oppi lukutaidon, mutta kirjoittamisen laita ei ollut yhtä hyvin. Nimensä Malviina osasi joten kuten raapustaa, mutta siihen se jäi. Aika kirjoitustaidon omaksumiseen oli auttamattomasti liian lyhyt.

Malviina kasvoi, hän oli sorea nuori tyttö. Talkootansseissa polkan tiimellyksessä hän kohtasi Aaro Laakkosen. Nuoret rakastuivat, heidät vihittiin 1917. Malviina oli juuri täyttänyt 20 vuotta. Malviina synnytti pojan, joka sai nimen Tauno. Lapsi ei kuitenkaan elänyt kuin kaksitoista vuorokautta. Lapsikuolleisuus oli siihen aikaan yleistä. Lapsen menetys oli vaikea asia molemmille. Aaro-isälle ehkä paineet kasvoivat liian suuriksi. Aaro teki itsemurhan 19.7.1918. Tämä tieto löytyy Nilsiän kirkonkirjoista.

Mutta elämä jatkui. Malviina uskaltautui käymään iltamissa. Siellä näytelmäkerho esitti ohjelmaa. Kerhossa mukana oli isokokoinen mies Yrjö Pursiainen. Yrjö harrasti kilpahiihtoa ja voimailua. Hän oli myös järjestysmieshommissa, kun iltamia järjestettiin Kuuslahden työväentalolla.

Malviina ja Yrjö vihittiin syyskuussa vuonna 1920. Malviina sai kotoaan Pahkamäestä neljä lehmää myötäjäisiksi. Heille syntyi 20-luvulla neljä lasta, Kauko Armas 1921, Reino Ensio 1923, Taimi Ester 1925 ja kuopus Leevi Väinämö 1928.

Heistä tuli siilinjärveläisiä, kun Siilinjärven kunta perustettiin vuonna 1925.

Kolmekymmentäluku oli pula-aikaa, eikä töitä paikkakunnalta löytynyt. Yrjö Pursiainen otti perheensä mukaan ja he muuttivat Loimolaan Petroskoin lähelle. Siellä oli metsätöitä.

Tilanne meni kuitenkin pelottavaksi. Stalin tapatti ihmisiä ilman syytä. Yrjö Pursiainen lähetti perheensä turvaan Siilinjärvelle. Matkalla hän joutui puukotuksen uhriksi. Hän oli jo siitä toipumassa, kun lavantauti iski. Se oli miehelle kohtalokasta. Yrjö Pursiainen kuoli Tarinaharjun sairaalassa 25.4.1935 vain kolmenkymmenen neljän vuoden ikäisenä.

Yrjö ja Malviina Pursiainen ja lapset, Kauko, Reino ja Ester

Malviina jäi neljän alaikäisen lapsen yksinhuoltajaksi. Kunta antoi heille asunnon Kasurilasta Rähinäharjusta. Se oli entinen tanssipaikkatalo, josta kunta oli tehnyt pieniä asuntoja vähävaraisille.

Malviina vei pesuettaan eteenpäin siivoamalla ihmisten koteja ja pesemällä pyykkejä.

Kuuslahteen oli saatu kansakoulu, olihan Suomessa tullut voimaan oppivelvollisuuslaki vuonna 1921. Malviina kulki jalan Siilinjärven Kasurilasta siivoamassa Kuuslahden koulua.

Vanhin lapsista, Kauko meni töihin maataloihin pikkurengiksi. Reino-poika katsoi pienempien perään, kun äiti viipyi töissä.

Monenlaisia vaikeita asioita oli Malviinalla elämässä edessään, mutta onneksi ihmisen tulevaisuuden päivät ovat salatut.

Malviinan mietteitä

Malviina 19 -vuotiaana

Malviina pyyhkii pölyjä vihreästä astiakaapistaan. Edelleen se ilahduttaa häntä. Hän osti kaapin huutokaupasta vuosia sitten. Kaapissa on yläosa ja alaosa. Kaapin päällä on musta, pieni palanahkasta tehty käsilaukku. Sen Kauko lähetti Amerikasta Malviinan täyttäessä 50 vuotta muutama vuosi sitten. Alatasolla on kaunis pitsiliina ja sen päällä valokuva perheestä, kun Yrjö oli vielä elossa ja lapset pieniä. Siinä on myös kuva Leevi-pojasta.

Malviina oli saanut hankittua myös pienen pöydän ja sängyn, jonka kansi nostettiin yöksi ylös. Eivät huonekalut helpolla tulleet. Ihmiset maksoivat työstä vanhoilla vaatteilla ja ruualla.

Malviina os. Kolehmainen ja Yrjö Pursiainen vihittiin syyskuussa 1920 Nilsiässä. Yrjölle avioliitto oli ensimmäinen, Malviinalle toinen. Malviina oli jäänyt leskeksi oltuaan vajaan vuoden naimisissa.

Yrjölle ja Malviinalle syntyi neljä lasta, Kauko, Reino, Ester ja Leevi. Kolmekymmentäluvulla oli lama-aika. Malviinan ja Yrjön perhe muutti Karjalaan, Loimolaan. Siellä oli metsätöitä Yrjölle. Stalin tapatti ihmisiä ilman syytä. Yrjö lähetti perheensä Siilinjärvelle turvaan ja lähti tulemaan itsekin perässä.

Matkalla häntä puukotettiin. Siitä hän oli jo toipumassa, kun lavantauti iski. Malviina jäi neljän lapsen yksinhuoltajaksi, Yrjö kuoli vain 34-vuotiaana 17. 6. 1935 Siilinjärvellä Tarinaharjussa.

Kunta antoi Malviinalle ja lapsille asunnon Rähinäharjusta Kasurilasta. Rähinäharju oli ollut entinen tanssipaikkatalo, josta kunta oli tehnyt yhden huoneen asuntoja varattomille.

Asukkaat olivat leiponeet ja lämmittäneet uuneja liikaa. Oli syttynyt tulipalo. Kauko oli jo silloin renkinä Tuomaalassa. Reino, pojista toiseksi vanhin, joka oli pienempien kanssa kotona, oli saanut ihmiset ja muutaman valokuvan pelastettua. Tulipalon syttyessä Malviina oli Kuuslahden koululla siivoamassa, hän kulki sinne Kasurilasta kävellen.

Tulipalon jälkeen he muuttivat Räisälän mökkiin Ahmon lammen rannalle. Onneksi Malviina sai töitä lähempää, hän pääsi Päivärinteen kettutarhalle ja muutama vuosi myöhemmin Osuusliikkeen pesulaan.

Lapset kasvoivat aikuisiksi. Kauko, esikoinen lähti Amerikkaan setänsä avustuksella paremman toimeentulon perässä. Rengin töistä saamillaan ansioilla ei hän pystynyt kotimaassa edes polkupyörää hankkimaan. Malviina maksoi tyttärensä opinnot, hänestä tuli mielisairaanhoitaja. Sitten alkoi sota. Reino joutui rintamalle, 19-vuotiaana. Siellä hän sairastui tuberkuloosiin, invalidisoitui.

Kuopus, Leevi lähti merille ja kuoli laivalla häkämyrkytykseen vain 21-vuotiaana. "Se oli raskasta aikaa. " Malviina pyyhkii pölyt myös valokuvasta, jossa on laivastopukuinen nuori mies. " Onkohan vaikeampaa asiaa, kuin lapsen kuolema", Malviina huokaa.

Onneksi nyt on parempi tilanne. Reino meni naimisiin. Perheeseen odotetaan vauvaa vuoden 1950 tammikuun lopulla. "Kunpa elämä pysyisi jatkossa tasaisena, eikä tulisi pahoja vastoinkäymisiä." Malviina miettii mielessään.

Unohdettu

Leevi oli nuorin Malviinan ja Yrjön lapsista. Hän kuoli vain 21-vuotiaana häkämyrkytykseen laivassa. Tämä tarina voisi olla totta.

Olisiko Leevin elämä mennyt jotenkin näin, jos hän olisi saanut elää?

Minä olen Leevi Väinämö Pursiainen. Olen täyttänyt seitsemän vuotta tammikuussa. Isä sanoi, että nyt on vuosi 1935. Minulla on uudet sukset, isän tekemät. Uskallan laskea jo isosta mäestä.

Isä ja äiti sanoivat, että meidän pitää muuttaa Loimolaan Petroskoin lähelle. Isällä oli siellä metsätöitä. Sitten muutettiin takaisin äidin kanssa. Aikuiset puhuivat kummallisia asioita jostakin Stalinista, jotain pelottavaa. Tapahtui paha asia. Meidän isä kuoli. Äiti itki ja me kaikki.

Syksyllä minä pääsen kouluun. Millaistahan siellä on? Meidän kodista on aika pitkä matka kirkonkylän kouluun.

Kun kesä tuli, tapahtui taas kauhea onnettomuus, meidän koti, joka oli Rähinäharjussa, paloi. Reino-veli huomasi tulipalon, ja asukkaat pelastuivat. Olivat kuulemma lämmittäneet uuneja liikaa. Talossa oli monet asukkaat.

Taas muutettiin. Nyt meidän koti oli Ahmon lammen rannalla. Reino teki minulle ongen ja me kalastettiin.

Veljeni Kauko muutti kauas pois, sanoivat, että ihan Amerikkaan. Taas äiti itki.

Leevi Pursiainen
rippikouluikäisenä

Nyt olen jo melkein mies, rippikoulu on meneillään. Kauko lähetti minulle hienon sinisen rippipuvun Amerikasta. Kyllä kelpaa uudessa puvussa päästä ripille Siilinjärven kirkossa. Eletään vuotta 1943.

Haluaisin päästä töihin. Täällä on pula kaikesta, onhan sota-aika. Haluan lähteä merille, merimieheksi. Reino auttaa ja laitan hakemuksen armeijaan, merivoimiin. Minut valitaan Suomenlinnaan, merisotakouluun.

Muutaman vuoden seilasin meriä, mutta sitten tulin takaisin. On minun vuoroni huolehtia äidistä, sillä veljeni Reino sairastui rintamalla ollessaan. Hän liikkuu kainalosauvoilla, on 100% sotainvalidi.

Aluksi sain metsätöitä. Pääsin savottaan erään metsätyönjohtajan porukkaan kaatomieheksi. Työ oli raskasta, ja ruuasta oli pula.

Sisareni Ester, joka on minusta kolme vuotta vanhempi, kouluttautui mielisairaanhoitajaksi. Äitini kannustuksesta hain konepajakouluun Wärtsilään. Pääsin sitten koneapulaiseksi ja lämmittäjäksi höyryveturiin. Jonkun vuoden päästä kävin veturinkuljettajakurssin. Nyt virkanimikkeeni oli veturinkuljettaja. Valtion rautateillä riitti töitä.

Tapasin Kouvolassa puistossa nykyisen vaimoni Annan. Mentiin naimisiin v. 1959. Rakensimme omakotitalon, ja saimme neljä lasta, samoin kuin veljeni Reino, joka avioitui Irenensä kanssa v. 1949. Vaimoni Anna oli kansakoulun opettaja. Nyt meillä on lapsenlapsia 12 kappaletta.

Jäin eläkkeelle veturinkuljettajan työstä vuonna 1983, 55-vuotiaana ja vaimoni vähän myöhemmin. Vaimoni kanssa viihdyimme luonnossa, marjastimme ja kalastimme. Myimme omakotitalon, kun en jaksanut enää tehdä lumitöitä ja leikata nurmikkoa.

Olen nyt 92vuotias. Asumme vaimoni kanssa Akuliinan palvelutalossa. Olemme vielä vireitä, tosin muisti ei ole oikein hyvä näissä nykyajan asioissa. Veljentyttäreni Pirjo perheineen asuu täällä Siilinjärvellä ja vierailee usein luonamme.

Kuopion torilta se alkoi

Ollessaan Kaavilla äitinsä Hiljan hautajaisissa tammikuussa 1948 Irene Hiltunen sisaruksineen sai toisenkin suruviestin. Heidän isänsä Matti Hiltunen oli kuollut sydänkohtaukseen sairaalassa 78-vuotiaana.

Matti Hiltunen oli opiskellut Viipurin kauppakoulussa. Hän teki elämäntyönsä Kissakosken tehtailla Hirvensalmella työnjohtajana. Hän oli aikoinaan kuulunut Isänmaalliseen kansanliikkeeseen IKL:ään, joka oli perustettu 1930- luvulla jatkamaan Lapuan liikkeen toimintaa. Isänmaallisen kansanliikkeen jäsenet käyttivät mustia paitoja ja sinisiä kravatteja, jonka vuoksi heitä sanottiin sinimustiksi. Kun Matti Hiltunen jäi eläkkeelle Kissakosken tehtailta, hän muutti perheineen Kaaville, jossa asuivat vaimon vanhemmat, Silja ja Olli Pelkonen.

Hilja äiti oli kuollessaan 51-vuotias. Isä Matti oli 27 vuotta vaimoaan vanhempi. Matti Hiltunen oli löytänyt vaimonsa Hiljan Porvoosta, Kiialan kartanosta, jossa Hilja oli ollut lastenhoitajana. Matille ja Hiljalle syntyi viisi lasta, joista Irene oli vanhin. Neljä nuorempaa sisarusta olivat Arvi, Kaarlo, Eira ja Urho. Kaksi nuorinta, 14-, ja 12vuotiaat, Urho ja Eira sijoitettiin lastenkotiin vanhempien kuollessa. Vanhimmat lapset saivat selviytyä itse.

Irene pääsi Tampereelle tohtoriperheeseen lastenhoitajaksi. Joskus Urho veli vieraili Tampereella isosiskonsa luona. Nyt

Irene oli matkalla Kaaville tätinsä luona käymään. Hän oli tullut junalla Tampereelta, ja pistäytyi Kuopion torilla.

Urho- veli on tullut käymään
Irene-siskon luona Tampereella.

Reino Pursiainen kuului suojeluskuntaan ennen Korialle armeijaan joutumistaan. Hän joutui rintamalla pioneeripataljoonaan mutta oli saanut myös rivimiehen koulutuksen. Rintamalla hän sairastui, joutuen ensin Harjamäen sotasairaalaan ja jonkun ajan päästä Pikonlinnaan. Sieltä hänet siirrettiin Ruotsiin, Tukholman Karoliiniseen sairaalaan.

Hän oli Ruotsissa puolitoista vuotta oppien kielen. Suomeen hän palasi parantuneena, omilla jaloillaan kävellen. Sairaus uusiutui. Tuberkuloosi vei lonkkanivelen ja vaurioitti selkärankaa. Hän joutui liikkumaan kainalosauvoilla.

Kuopiossa Reino oli tullut käymään Eeva Pursiaisen torikojulla, jossa oli ennen sotia itsekin ollut töissä. Eeva oli Reinon täti, joka myi torilla vaatteita ja hyviä täkkejä. Täkit olivat kysyttyjä, koska ne olivat normaalitäkkejä isompia. Reino osti itselleen leveät henkselit. Eeva täti paketoi ne ja sitoi vielä narun ympärille, että Reino saisi paketin kuljetettua kainalosauvoilla kävellessään.

Kauppahallin portaita noustessa paketti kuitenkin karkasi Reinon kädestä. Jostain lennähti kaunis, mustatukkainen, hoikka tyttö, joka nosti paketin Reinolle takaisin. Nuoret pysähtyivät juttelemaan. Kohta tuntui, kuin he olisivat olleet vanhoja tuttuja. Reino osti Irenelle ja itselleen kauppahallista keitetyt kananmunat, ja torikioskista vaniljajäätelötikut. Siitä se alkoi. Vanhempani olivat tutustuneet toisiinsa.

Pian Irene tuli käymään Reinon kotona. Reino asui äitinsä Malviinan kanssa Ahmon lammen rannalla Räisälän mökissä. Reinon isä oli kuollut, kun Reino oli kaksitoistavuotias. Kauko-veli oli lähtenyt Amerikkaan ennen sotia.

Sisar Ester oli muuttanut Kuopioon valmistuttuaan mielisairaanhoitajaksi, ja oli nyt Julkulan sairaalassa töissä. Nuorin Malviinan lapsista, Leevi oli Turussa merimieskoulussa ja lähti merille koulun käytyään.

Reino ja Irene viihtyivät hyvin yhdessä. He matkustivat Siilinjärveltä Lokki laivan kyydissä Kuopioon ostamaan kihlat. Lokki kulki Kuopiosta Siilinjärvelle ja takaisin kuljettaen maalta kaupunkiin voin myyjiä ja muita matkustavaisia. Kihlajaisten kunniaksi he ajoivat Kuopiossa vossikalla ja söivät Truben kahvilassa leivokset.

Pian tuli suru-uutisia. Irenen sisko Eira, joka oli sijoitettu vanhempien kuoltua lastenkotiin, hukkui uintireissullaan. Tuli toisetkin hautajaiset, Reinon nuorin veli, Leevi kuoli häkämyrkytykseen laivassa, vain 21vuotiaana.

Nuoret hakivat toisistaan turvaa. Irene ja Reino menivät naimisiin vuonna 1949. Seuraavana vuonna synnyin minä, heidän ensimmäinen lapsensa.

Mummolani

Pieni punainen mökki Osuusliikkeen myllyn pesulan rinteessä oli mummoni koti, ennen kuin hän muutti isäni ja äitini rintamamiestalon yläkertaan häntä varten rakennettuun hellahuoneeseen.

Mummon asunto oli hyvin pieni, saunan yhteydessä oleva huone. Ei siihen mahtunut mitään ylimääräistä. Huoneen perillä oli puuhella. Siinä mummo valmisti ruokaa ja siitä sai lämpöä huoneeseen.

Yhdellä seinällä oli ikkuna, josta näkyi lähistöllä oleva toinen, punainen mökki. Siinä asuivat ompelijasisarukset, Elina ja Kaisa Luukkonen, jotka olivat saunamökinkin omistajia.   Mummo ompelutti heillä vaatteita itselleen ja joskus minullekin.

Huoneen toisesta ikkunasta näkyivät vanhan talon rauniot, se oli minun leikkipaikkani, kun olin mummon luona, sekä punainen ulkorakennus.

Mummolla oli huoneessaan pöytä, ruskea, kuusikulmainen. Hänellä oli vihreä astiakaappi. Myös levitettävä puusohva oli, siinä minä nukuin mummon selän takana, kun sain olla yötä mummoni luona. Sänky oli vihreäksi maalattu ja siinä oli muutama kukan kuva. Kun sänky yötä varten levitettiin, ei jäänyt yhtään kävelytilaa sängyn ja pöydän väliin.

Kun ajattelen mielessäni tuota mummoni mökkiä, muistan ruusupensaan siinä pihalla. Tuntuu, kuin siinä olisi ollut aina kukkia. Mummon luona oli hyvä ja turvallinen olo. Hän ei torunut minua koskaan.

Kun leikin pihalla niillä kauniilla kupinpalasilla ja mummoni nukella, jonka Kauko-setä oli lähettänyt Amerikasta, mummo keräsi ympärillä olevista vadelmapensaista suuhuni makupaloja. Sunnuntaisin kävimme kirkossa. Kirkonkellojen ääni kuului mummon mökille selvästi, kirkkohan oli siinä ihan vieressä.

Elintaso alkoi kohota 1950

Vuonna 1950 Suomessa elettiin sodan jälkeistä aikaa. Purettiin vanhaa ja rakennettiin paljon uutta. Uskottiin tulevaisuuteen. 50-luvun henki oli optimismi.

Elintaso alkoi kohota. Tavaroita ja tarpeita alettiin mainostaa. Hedelmiä alkoi tulla kauppaan. Leivän päällä syötiin voita ja margariinia. Lehdissä mainostettiin Majesteetti margariinia: "Tätä täytyy saada lisää!" Tupakkaa esiteltiin piristävänä tuotteena.

Vuonna 1950 syntyi Suomessa paljon lapsia. Viisikymmentäluku lasketaan kuuluvaksi suuriin ikäluokkiin. 30.päivä tammikuuta syntyi Siilinjärvellä sotainvalidi miehen ja muutama vuosi sitten molemmat vanhempansa menettäneen naisen perheeseen uusi ihminen, 3400grammaa painanut tyttövauva. Minä olin tullut maailmaan.

Pyykit pestiin käsin tai pyykkilaudan avulla. Meidän pyykkilauta oli vihreä, lasinen. Viisikymmentäluvun puolenvälin jälkeen meidän perhe sai lahjaksi pulsaattoripesukoneen. Sen osti meille isäni veli Kauko, joka oli Minnesotasta tullut luoksemme vierailulle.

Isäni sairasti tuberkuloosia ja hänen piti maata kipsivuoteella. Jossakin vaiheessa vanhempani upottivat tarpeettomaksi jääneen kipsin Ahmon lampeen.

Vuosi 1950 oli vanhemmilleni vaikea. Äitini tuli pian syntymäni jälkeen uudelleen raskaaksi. He olivat muuttaneet Ahmon lammin rannalta Räisälän mökistä Tynnöriselle.

Syttyi tulipalo, jota sammuttaessaan ja pelästyessään äidille tuli keskenmeno. Vauvan piti syntyä joulukuussa 1950. Olisimme olleet saman vuoden lapsia, minä tammikuussa syntynyt ja tuo pieni loppuvuodesta.

Syyskuussa sauna syttyi palamaan. Äidin raskaus meni kesken. Vauva olisi ollut poika. Muistan, kun vanhempani muistelivat tuota vaikeaa tapahtumaa ja totesivat, että olisi poika saanut elää. Eteenpäin oli kuitenkin mentävä.

Parin vuoden päästä syntyi pikkusiskoni ja viisi vuotta myöhemmin he saivat poikavauvan ja muutama vuosi myöhemmin vielä toisenkin. Silloin asuttiin jo uudessa kodissa, rintamamiestalossa, jonka rakentamisessa isäni oli koko ajan mukana, vaikka hän oli 100 % sotainvalidi, ja liikkui kainalosauvoilla.

Vuosina 1950 ja -51 minä olin vanhempieni kertoman mukaan pikkulapsi, joka ennätti joka paikkaan. Äitini kertoi, että lempipuuhaani oli ollut kukkaruukkujen kaivelu ja mullan kanssa sotkeminen.

Varmasti moni miettii, mitä tapahtuu kuoleman jälkeen. Tapaammeko pois menneitä rakkaitamme? Joku viikko sitten näin unen, jossa olivat jo vuosia sitten kuolleet vanhempani. Äitini makasi vuoteella. Isäni istui hänen vierellään ja isän sylissä oli pieni poikavauva. Uni oli minusta ihana. Se kertoi, että vanhempani olivat tavanneet "tuonpuoleisessa" pienen kuolleena syntyneen poikansa.

Kalanmaksaöljyä

Savu nousee piipusta kohti selkeää taivasta. Yhden huoneen saunamökin hellassa on tuli ja mummo on keittänyt puuron valmiiksi. Pojantytär nukkuu vielä mummon levitettävässä vuoteessa. Mökin ikkunoissa on jääkukkia.

"Alapa Pirjo nousta syömään, sitten myö lähetään kaappaan." Mummo herättelee tyttöä.

"Mummo, minä näin unta kesästä! "Unisena Pirjo nousee istumaan. Mummo hymyilee ja auttaa liivin napit kiinni. Hiukset kammataan ja puetaan. Tyttö on valmis aamupalalle.

"Mittee sinun puuroon laitetaan? "

"Voita ja sokeria! "

Mummo antaa molempia. Matkalla kauppaan he kulkevat Hirvosen kahvilan ohi. Kun pikkuveli syntyi, isä kävi sen kunniaksi hakemassa kahvilasta leivoksia. Osulasta ostetaan lihaa, berliininmakkaraa ja päiväkahville marenkipikkuleipiä.

"Käävvään vielä apteekissa", mummo sanoo.

 Apteekissa on täytettyjä lintuja hyllyllä istumassa. Apteekin täti on laiha ja harmaatukkainen. Siellä on myös iso koira, joka seuraa asiakkaita tiskin takana. Mummo ostaa kamferitippoja ja kalanmaksaöljyä ja appelsiininkukkavettä.

Urhoollisesti tyttö avaa suunsa, vaikka häntä puistattaa, ja yököttää, kun mummo antaa kalanmaksaöljyä lusikalla heidän tultuaan kotiin.

"Otatko pectuksen?" Mummo etsii rapisevan rasian. Yökötys menee ohi pectuksella.

"Saanko leikkiä napeilla?"

Pirjo muistaa taas mummon punaisen peltilaatikon, jolla hän melkein aina leikkii ollessaan yökylässä mummon luona.

"Tuosson, heh! "

Saatuaan laatikon tyttö järjestää napit kauneusjärjestykseen. Tällä kertaa ihanin on vaaleanpunainen kimaltava helminappi. Mummon pyhäpuserossa, jonka Luukkosen ompelijaneiti on tehnyt, on samanlaisia. Nyt mummolla ei ole pyhäpuseroa päällä, vaan arkinen mekko ja ruudullinen esiliina.

Kun mummo keittää päiväkahvit, saa tyttökin oman kupillisen. Siinä hän kastelee pullapalaa, hyvältä se maistuu. Mummo hörppii kahvinsa teevadilta.

Illalla käydään saunassa. Huomenna on sunnuntai, kirkkopäivä. On turvallista käydä nukkumaan, mummo lukee iltarukouksen ja laulaa Siionin virsiä. Jossakin rapistelee hiiri.

Taivas on tumma ja tähtiä täynnä. Täysikuu luo valoaan pakkasyöhön.

Löytö

Kirkas valo tulvii ohuen verhon läpi huoneeseen. Tyttö vetää verhon pois edestä, valon määrä moninkertaistuu. Valo väreilee, pölyhiukkaset tanssivat ilmassa. Aurinko valaisee pakkasmaiseman ja lumessa tuikkivat timantit. Pellolla kulkee hiihtolatu, joka johtaa rantaan. Seinän vieressä on keltainen potkuri.

Mummo pakkaa laukkuaan. ”Joko tyttö on valamiina?” mummo kysyy. Tyttö pomppii malttamattomana, hän pääsee mukaan, yökylään mummon luokse. Se on melkein parasta, mitä voi olla. Mummo on vain hänen koko ajan. ”Lähetään, lähetään!” tyttö hihkuu vetäen huovikkaita jalkaansa. Päähän vielä lämmin myssy, se uusi äidin neuloma. Käteen kahdet lapaset, ulkona paukkuu pakkanen.

Mummo työntää potkuria hiljalleen maantietä pitkin. Välillä tyttö pääsee mummon ison, keltaisen potkurin kyytiin. Mummon mökille on matkaa kolmisen kilometriä. On tyttö sen ajanut kesällä polkupyörällään yksinkin. Nyt he ovat kunnalliskodin ison ladon kohdalla. Kuuluu kummaa ääntä. Kuin joku itkisi tai uikuttaisi. He menevät katsomaan. Mitä ihmettä, ladossa on kolme kuollutta koiranpentua. Yksi on elävä, se itkee, uikuttaa. Mummo riisuu takin alta villaröijynsä ja käärii pennun siihen.

Tyttö pitää pentua sylissään, kun he jatkavat kiireesti matkaa. Perillä mummon pienessä yhden huoneen mökissä pentua yritetään ruokkia, mutta ei se syö. Mummo lämmittää seinän takana olevan saunan, että pentu saataisiin lämpimäksi. Kun mummo ja tyttö menevät nukkumaan mummon levitettävään sänkyyn, pentu makaa liikkumattomana, kuin kuollut.

Kun tyttö aamulla herää, mummo on jo jalkeilla. Pikku koira latkii maitoa kupista. Sitten se lirauttaa pisut lattialle. Sää on lauhtunut ja ulkona on alkanut lumipyry.

Kirkkomatka

Saunamökki, jossa mummoni asui, näkyy taustalla.
Kuvassa mummoni, enoni vaimo Kirsti, isäni, sisareni
Marja, veljeni Heikki sekä Matti serkku. Äitini on
ottanut kuvan.

"Alappa herätä, Pirjo, myö lähetään kohta kirkkoon, niin kun öylössä päivänä puhuttiin." Mummoni herättelee minua. Olen yökylässä taas kerran. Mummoni Malviina, isäni äiti asui 1950-luvulla pienessä mökissä Osuusliikkeenpesulan rinteessä.

Kotoani Siilinjärven Hietarannasta mummon luo oli matkaa reilusti kaksi kilometriä. Kun seitsemänvuotiaana sain oman polkupyörän, se oli nuorisopyörä, punainen, sain ajaa mummon luokse itse. Siihen aikaan ei ollut paljon autoja kylän teillä liikkumassa.

"Suanko laittoo sen uuen essun?" kysyn mummolta. Ja saanhan minä. Kun olen syönyt, mummo avaa letit, jotka minulle on solmittu edellisenä iltana, että tulisi kiharoita. Hiukset kammataan, niissä on kauniit laineet. Sitten mummo ottaa kaapista uuden esiliinani, joka on keltaista lainekreppiä ja niin kaunis mielestäni. Naapurissa asuvat ompelijaneidit, Luukkosen tytöt, ovat sen tehneet.

Jalkaani saan laittaa uudet siniset kumitossut, jotka mummo on ostanut Osulasta.

Meillä on lyhyt matka kirkkoon, ei kilometriäkään. Istuessani kirkon penkillä mummon vieressä, olen ylpeä. Hän laulaa kovalla äänellä, minun mummoni! "Tuosson, heh!" Mummo antaa minulle muutaman kolikon, jotka saan pudottaa

kolehtihaaviin. Kotimatkalla mummo pysähtyy juttelemaan kukkakauppa Hietalan rouvan kanssa.

"Pitkö Alikoski hyvän suarnan?" kysyy Mailis-rouva. En kuule mummon vastausta. Alan juosta alamäkeä, kompastun puunjuuriin ja polvestani alkaa vuotaa verta.

"Annahan kun puhutaan", mummo yrittää lohduttaa. Mutta puhaltaminen ei auta, sattuu, minun pitää itkeä.

"Istu tuohon minun tilalle, minä varovasti pyihin poloven puhtaaks", mummo sanoo, kun olemme tulleet kotiin. Jalkaa kirveltää, mutta pian kipu unohtuu.

Menen ulos leikkimään, otan oman nukkeni Sirpa-Riitan mukaan. Sillä on punaiset samettihousut ja jalassa oikeat kengät. Hoidin Sirpa-Riittaa vielä kolmetoistavuotiaanakin.

Sitten minun pitää käydä ulkohuoneessa. Jotenkin sotken itseni. Kamalaa, kakkaa on jaloissakin. Hädissäni juoksen mummon luo. Mutta ei hätää, mummo vie minut saunalle ja pesee puhtaaksi. Vesi on vielä haaleaa eilisen saunapäivän jäljiltä. Mummo hakee ulos unohtuneen Sirpa-Riitan sisälle. Hellassa on tuli. Perunat kiehuvat kattilassa ja mummo nostaa tirripaistin lieden reunalle lämpiämään.

"Illalla paistettaan kööhiä ritareita, kuapissa on pullaleetan puolikas", mummo lupaa. Köyhät ritarit ovat herkkuani, tuskin maltan odottaa iltaa.

Leikin vielä hetken pihamaalla vanhan talon raunioilla. Minulla on leikissäni särkyneiden astioiden palasia, jotka ovat kauniita. Niissä on kukkien kuvia. Leikkiruokia on mukava tehdä kasvien lehdistä ja pienistä kivistä. Mummon kodin seinän vieressä kasvaa juhannusruusupensas, jossa on valkoisia kukkia. Syyskesällä saan syödä talon raunioilla kasvavista vadelmapensaista suuria, meheviä vattuja.

"Syöppäs tuo leepäkakku ensin, sitten suat kööhiä ritareita", mummo sanoo illalla.

"Tuosson sulle tievailla sitä herkkuas", mummo ojentaa minulle sokeroidun pullaviipaleen, joka on paistettu voissa pannulla. Jaksan syödä kaksi isoa palaa.

Menemme nukkumaan mummon levitettävään puusänkyyn, jonka kansi nostetaan yöksi pois. Mummo laulaa minulle

"Aa aa aholla,

aholla kauniita kukkia.

Käyppäs lapsi poimimaan,

punaposki noukkimaan! "

ja lukee iltarukouksen:

"Armostas, oi isä lainaa

mitä lapses anelee.

Jeesus, turvaksemme tule aina

meitä myöskin auttele.

Pyhähenki armias, lohduttaja laupias

rukouksen nöyrän kuulkoon.

Aamen ja se tapahtukoon!"

Eipä ole pienelle tytölle turvallisempaa paikkaa nukkua, kuin oman mummon vieressä.

"Uamulla männään pesemään mehuputelit Ahmon lammen rantaan", mummo kertoo vielä ennen kuin olen nukahtanut.

Hellepäivä 1960

Irene kertoo

Aamulla kävimme Reinon kanssa verkoilla. Järvi oli tyyni. Ilma tuntui painostavalta. Pilviä ei näkynyt taivaalla. Saimme kolme isohkoa lahnaa verkosta. Niistä tulisi hyvä ruoka, kun paistaisi uunissa. Kala maistuisi lapsillekin. Mutta en taida tällä helteellä lämmittää leivinuunia. Siivosin lahnat ulkona. Suolasin kalat ja vein ne kellariin. Hyväähän lahna on keitettyjen perunoiden päällä kypsennettynäkin.

Menin hetkeksi kasvimaata kitkemään. Huivin laitoin, kun tuntui tuo auringonpaiste niin käyvän päähän. Taivaalle oli ilmestynyt pilviä Tarinan mäen suunnalle. Tuolta jos ukkonen pääsee päälle, se saattaa jyskää koko illan. Lapset pyysivät uimaan. Lupasin käyttää vielä ennen ruokaa heidät rannassa. En uskaltanut päästää keskenään, kun Hannu oli hädin tuskin kahden. Isommat kyllä kävivät ilman minuakin.

Uin itsekin, ja uitin Hannua. Vesi oli lämmintä, juhannus oli viikko sitten. Poika kiljui riemusta, kun kastelin hänet vedessä. Uiminen on mukavaa. Isot tytöt, 10 ja 8 -vuotiaat, kastautuivat keväällä heti, kun rannassa oli sen verran sulaa, että se onnistui.

Kotona Reino oli sytyttänyt hellaan sen verran tulta valmiiksi, että sain paistettua perunat ja pääsimme syömään. Lapset halusivat jälkiruuaksi eilen tekemääni raparperikiisseliä.

Olin nukuttamassa kuopusta päiväunille, kun kuulin, että ukkonen jyrisi kumeasti. Kun poika nukkui, vein Yön Kuningatar-kaktukseni pihalle, jos sade tulisi. Muutama viikko sitten kaktus teki ihanan valkoisen kukan, joka kesti vain yhden yön. Kävimme Reinon kanssa sitä ihailemassa.

Yhtäkkiä ukkonen oli päällä. Salamat räiskivät ja jyrisi kovasti. Poika alkoi itkeä. Pistettiin kaikille kumisaappaat jalkaan. Siihen aikaan uskottiin kumisaappaiden suojelevan salamaniskulta.

Ukkosella ei saanut olla ikkunan edessä, eikä pistorasian kohdalla. Reino sammutti virran pääkatkaisijasta. Lapset istuivat hiljaa. Hannu oli sylissäni ja puristi minua kaulasta. Kyllä minuakin pelotti.

Yhtäkkiä näimme valopallon, joka tuli pistorasiasta. Jähmetyimme kauhusta. Pallo kierteli hellan yläpuolella. Sitten se yks kaks hävisi pellin raosta. Ulkona satoi rakeita, isoja, sormenpään kokoisia.

Salama iski lähelle, saman tien jyrisi kovaa, ikkunalasit helisivät. Tuli vettä niin, ettei ikkunasta nähnyt kunnolla ulos.

Yhtäkkiä rajuilma oli ohi. Selitin lapsille, että se tulipallo oli pallosalama. Olen nähnyt pallosalaman kerran aikaisemmin. Silloin olimme heinäpellolla. Pallosalama leijui viereistä palstaa pitkin ja törmäsi heinäseipääseen. Heinäseiväs syttyi palamaan ja salama hävisi. ”Äiti, eihän pallosalama tule enää?” lapset kyselivät.

Alkuyöstä ukkonen tuli uudestaan jyristen pitkin yötä. Aamulla sää oli viilennyt ja aurinko paistoi.

Eräs perjantai 1962

Irene kertoo

Oli perjantai 16. päivä maaliskuuta 1962. Olin kolmekymmentäkuusivuotias. Reino oli Tarinassa. Kyllä minä ajattelin, että tämä on Reinon loppu, kun hän sairastui tuberkuloottiseen aivokalvontulehdukseen syksyllä. Ensin hän oli Kuopion keskussairaalassa ja sitten siirsivät Tarinaharjuun. On raskasta kotona ilman Reinoa. Lapsetkin kaipaavat isäänsä. Mutta ei auta, eteenpäin on mentävä.

Tänä aamuna lapset lähtivät kouluun, niin kuin muinakin arkiaamuina. Letitin Pirjon ja Marjan hiukset, toiselle keltaiset lettinauhat, toiselle valkoiset. Kyselin vähän läksyjä samalla. Söivät aamupalaksi maissihiutaleita ja kaakaota. Heikki 8v. olisi halunnut puuroa, mutta tyytyi kuitenkin maissihiutaleisiin. Pieninä lapset söivät mielellään pullamössöä. Lautaselle silputtiin pullapalanen ja lisättiin siihen sokeria ja maitoa.

Kun koululaiset lähtivät, jäimme kahden, Hannu viisi vuotta ja minä. Lähdimme kantamaan puita sisälle. Huoneet piti lämmittää. Vettäkin piti hakea kaivosta, sangot olivat tyhjät. Leivinuunin lämmitän huomenna ja leivon pullataikinan. Saan sitten viikonlopun ruuan kypsäksi uunissa. Hannu halusi sukset jalkaan, hän osaa jo hiihtää, on isompien mukana oppinut.

Kun sain uuneihin sytytettyä tulet, valmistin leipäressua. Hellasta sain lämmintä keittiöön. Kesällä käytetään enemmän kaasuliettä, kun ei tarvitse lämpimän takia hellassa pitää tulta.

Meidän kuopus tykkäsi leipäressusta. Hyväähän se olikin voisilmän kanssa.

Ruuan jälkeen lähdimme Hannun kanssa käymään Reinon luona Tarinassa. Pappilan muonamies Hannes tuli hevosellaan, pääsimme reen kyytiin ja matka joutui nopeasti. Tarinanmäelle kiivetessä Hannu väsyi ja minun oli houkuteltava, että hän jaksaisi vielä vähän.

Reino kertoi olleensa päivätorkuilla terassilla raittiissa ilmassa. Hän näytti aika terveeltä. Reino pääsee pian kotilomalle. Reino kertoi, että Pirjo oli käynyt hakemassa kokeeseensa nimen häneltä eräänä päivänä. Eipäs ollut tyttö muistanut minulle sanoa.

 Kotiin oikaisimme Tarinan puutarhan kautta, siitä on lyhyempi matka.

Lapset olivat jo tulleet koulusta, kun Hannun kanssa olimme perillä. Kuulin, että liiterissä Pirjo halkoo polttopuita kirveellä. Ihmeen hyvin se on sujunut 12-vuotiaalta. Tyttö tuntuu tekevän sitä mielellään.

Patistelin lapset tekemään koulutehtäviä. Puolukkapuuroa he söivät välipalaksi. Tein sitä eilen.

Laitoin Marjan maidonhakureissulle naapuriin. Kyllä kymmenvuotias jaksaa kolmen litran hinkin kantaa.

"Saadaanko keittää nekkuja kermasta maidon päältä huomenna koulun jälkeen?" tyttö kysyi ennen lähtöään. Lupasin. Ilta meni rauhallisesti. Korjailin lasten vaatteita ja parsin sukkia. Huomenna olisi lyhyempi koulupäivä, kun on lauantai. Avasin radion, siellä Marion Rung lauloi Tipitiitä, sitä uutta Euroviisukappalettaan.

Ennen nukkumaanmenoaan lapset juoksivat huussissa iltapissillä. Yöllä ei tarvitse lähteä ulos, meillä on keittiössä likaämpäri sitä varten.

Kun tytöt asettuivat vuoteilleen Viisikkojaan lukemaan, sain minäkin rojahtaa hetekaan ja syventyä omaan lainakirjaani, joka oli " Täällä pohjantähden alla", osa kolme. Pojat olivat jo unten mailla.

Suolaa, suolaa, enemmän suolaa

Olen asunut Siilinjärvellä koko ikäni, lukuun ottamatta joitakin kuukausia vuonna 1968. Meidän perhe, äiti, isä, sisarukseni Marja, Heikki ja Hannu sekä minä muutimme silloin Varkauteen. Siihen loppui tavallaan lapsuus. Ei minusta kuitenkaan varkautelaista tullut.

Muutto Varkauteen oli elokuun lopulla, muutin takaisin Siilinjärvelle seuraavan vuoden alusta. Siihen aikaan elimme erilaisessa maailmassa. Elämä oli helpompaa 60 -luvulla, kuin nykyaikana. Vaikka elintaso ei silloin ollutkaan yhtä korkea, kuin nyt, elämisen taso oli mielestäni toisenlainen.

Lapset kasvatettiin osallistumaan työntekoon. Nuorempien sisarusten hoivaaminen oli vanhimman lapsen itsestään selviä velvollisuuksia. Kun pikkuveljeni Hannu syntyi, olin kahdeksanvuotias. Muistan, kun häntä käytettiin neuvolassa, joka oli Kasurilantien varrella lähellä Mantun kenttää vanhassa puutalossa.

Oli kesä. Hannu oli terve pallero, äiti saikin kehuja ruskettuneesta pikkuhousuisesta pienokaisesta. Lastenneuvola toimi siinä vielä v.1969–1970, kun odotin ensimmäistä lastani.

Kerran lähdin äitiysneuvolaan Päivärinteeltä, jossa siihen aikaan asuimme kahden huoneen mökissä Pertin kanssa. Olin menossa joen sillalla isoine mahoineni, kun tunsin, että alushousut putoavat. Kuminauha oli katkennut.

Kesät olivat kuumia, aurinko tuntui paistavan koko ajan. Uimassa käytiin kolmekin kertaa päivässä. Noin parivuotiaasta alkaen pikkuveli uskottiin meidän isompien sisarusten valvontaan. Olin niihin aikoihin kymmenenvuotias. Meihin luotettiin ja vastuu kasvatti meitä.

Tekniikka kehittyy koko ajan eteenpäin. Televisio yleistyi 60-luvulla. Meille se ostettiin v. 1965. Mummoni asui silloin kotimme yläkerrassa hellahuoneessaan ja tuli iltaisin katsomaan ohjelmaa. Hän vaihtoi siistimmät vaatteet päälleen. "Immeiset kahtoo." hän sanoi. Kun televisiokuuluttaja tai uutistenlukija toivotti katsojille hyvää iltaa, mummoni vastasi kohteliaasti. Olihan se ihmeellistä, kun sai kotisohvalta käsin katsoa elokuviakin.

Lastenohjelmista muistan Sirkus papukaijan, jossa Fakiiri Gronblom käytti taikasanoja "suolaa, suolaa, enemmän suolaa.". Hänellä roikkui herätyskello kaulassa ja hän teki taikatemppuja suolaansa ripottamalla. Arja-täti katsoi taikapeilistään ja oli näkevinään erinimisiä lapsia.

Olin viisitoistavuotias, kun tv meille hankittiin. Koulusta piti tulla nopeasti, kun tv:stä tuli Musta ori. Myös Sea Hunt oli hyvä ohjelma, ja Bonanzan tunnusmusiikin muistan edelleen. Iltaisin naapuruston lapset kerääntyivät meille, istuivat lastenohjelmien ajan pikkujakkaroilla olohuoneen tiiliuunin edessä silmät nauliutuneina tv-ruudun ihmeisiin.

Enemmän, kuin televisio, minua viihdyttivät kirjastosta lainatut kirjat. Niitä sai kesäiltaisin lukea rajattomasti.

Automobiilit ja pölynimijä

Elämä 1800 luvun lopulla oli aika lailla erilaista, kuin nykyään. Suomi oli venäjän suuriruhtinaskunta. Suuriruhtinasta edusti kenraalikuvernööri.

Kun Malviina syntyi vuonna 1897, pidettiin Helsingissä säätyvaltiopäivät. Siellä puhuttiin ensimmäisen kerran naisten äänioikeudesta ja annettiin uusi kansakouluasetus.

Malviina kävi kolme viikkoa kiertokoulua ja oppi lukemaan. Kirjoitustaitoa hän ei ennättänyt omaksua, oman nimenkin kirjoittaminen oli vaikeaa.

Malviinan elinaikana Suomessa oli sota kolme kertaa, kansalaissota 1918, jolloin Malviina oli 21vuotias, sekä talvisota ja jatkosota, joiden aikaan Malviina oli yli neljäkymppinen. Muistan runon, jota mummoni toisinaan lausui:

"Syttynyt on sota julma, vihan liekki leimahtaa, punaisena pohjankulma verta, tulta ennustaa..." Joka kerta runon lausuttuaan mummoni itki.

Muistan myös laulun, jota mummoni lauloi. Siinä oli vähän erilainen tunnelma. Näin se meni:

"Kerenski se leipoi suuren taikinan, hiivaksi hän aikoi laittaa Suomen maan. Ai, ai Kerenski, turha on sun toiveesi, Suomi on nyt vapaa maa ryssän vallasta."

Venäjän pelko ja uhka oli vallalla. Tämä asia ei ole muuttunut. Nykyisinkin venäjä on uhka.

1800-luvun lopulla ilmestyivät ensimmäiset autot Suomeen. Rikkaat venäläiset ajelivat täällä automobiileillaan. Vasta v. 1923 annettiin määräys ajokortin suorittamisesta. Olen syntynyt v. 1950. Eipä autoja 50-luvullakaan kovin paljon näkynyt Siilinjärven teillä.

Minun syntyessäni Malviina mummoni oli 53-vuotias. Muistelen, että hän sai oman radion täyttäessään 65 vuotta.

Meidän perheellä oli radio mielestäni aina. Joskus isä kertoi kidekoneesta, joka oli radion edeltäjä. Pesukone saatiin Amerikan sedän lahjoittaessa sen meille Suomessa vieraillessaan 50-luvulla. Pölynimijä ostettiin 1960-luvulla, televisio 1965. Väritelevisio yleistyi 70-luvulla, videot 80-luvulla, tallentava digiboksi 2000-luvulla.

Mummoni eläessä puhelin oli muutamassa paikassa. Albanus Sonnisesta, säveltäjä Ahti Sonnisen kotoa, Antikkalasta käytiin soittamassa, jos tarvittiin pirssiä tai lääkäriä. 90-luvulla tulivat tietokoneet ja kännykät.

Ostimme vanhemmilleni lahjaksi kännykän jonakin heidän syntymäpäivänään, mutta eivät he oppineet sitä käyttämään. Minun ensimmäisen kannettavan tietokoneeni osti minulle isäni. Hän itse ei halunnut sitä opetella, mutta aina hän kannusti minua sitä käyttämään. Olin silloin jo yli neljäkymmentävuotias.

Älyttömät kännykät tulivat 90-luvulla ja älylaitteet 2000-luvulla. Meidän perheellekin hankittiin kännykät kaikille, kuopukselle se olikin välttämätön ADHD-diagnoosin vuoksi. Hänen muistinsa oli vaihteleva, eikä hän voinut muistaa, minne äiti tai isä olivat hävinneet. Kymmenen vuoden iässä hänelle ostettiin kännykkä, hän voi soittaa vanhemmille ja kysyä, missä he olivat. Silloin vuosi oli 1999.

Älylaitteet helpottavat elämää. Kaikki eivät niitä hyväksy, eivätkä halua oppia. Luulin, että nuorempi veljeni olisi toivoton tapaus älylaitteiden suhteen. Mutta hän yllätti minut, kun oli ostanut kesällä älypuhelimen ja osasi jo käyttää nettiä.

Älylaitteet seuraavat elämääsi, jos sen sallit ja pidät sijaintia päällä. Kuukauden lopussa google kertoo, missä paikoissa olet käynyt. Et tarvitse erikseen kameraa, kuvaus hoituu puhelimella. Älykello vahtii terveyttäsi ja nukkumistasi.

Mutta onko hyvä, että esim. yritykset saavat kerättyä henkilökohtaisia tietojasi? Niitä voi käyttää väärin ja aiheuttaa vahinkoa. Missä on yksityisyytesi raja?

Tekniikka on kehittynyt huimaa vauhtia, mihin vielä ehtineekään? Mutta emme ole tasa-arvoisia miesten kanssa, vieläkään, vaikka kehitystä onkin tapahtunut.

Eksyksissä

(ja muita muistoja 50-60-luvuilta)

Tänä kesänä on ollut hyvä vattusato. Vuosikymmenten takaa nousee mieleeni äidin kanssa tehty marjaretki. Olin kolme-neljävuotias. Isä jäi kotiin hoitamaan pientä siskoa. Äitini ja minä soudimme kanootilla Siilinlahden taakse vattuja poimimaan. Emme osanneetkaan takaisin kanoottirantaan.

Löytyi talo. Emäntä antoi minulle voileivän ja opasti meidät sitten oikeaan paikkaan, josta kanoottimme löytyi. Olen äidiltäni perinyt huonon suuntavaiston, eksyn helposti vieraassa ympäristössä. Marjastaessa on oltava tarkkana, etteivät suunnat mene sekaisin.

Isäni, 100 % sotainvalidi, oli rakentanut kanootin itse, Vaasan veneveistämöltä tilattujen ohjeitten mukaan. Isä teki kanootin myös naapurin, rovasti Alikosken pojille, Jaakolle ja Anterolle.

Hietarannassa oli monta lasta meidän perheen neljän lapsen lisäksi. Yhdessä keksimme mukavia leikkejä. Isä valmisti meille puujalat, joilla koikkelehdimme pitkin pihaa. Pikkuveljelle isä teki hauskasti linkuttavan työntöpyörän.

Kiertelimme pitkin metsiä, kurkimme lintujen pesiin, rakentelimme majoja. Yhtenä kesänä pojat tekivät hiekkaiseen metsämaastoon muutaman metrin tunnelin. Sen toisessa päässä oli pieni "huone". Oli jännittävää ryömiä tunnelin läpi majaan. Siellä oli tulisija, josta johti ulos savutorvi. Syksyn pimeinä iltoina majassa poltettiin kynttilää.

Pappilan lapsilta saimme vanhoja lasten ja nuorten kirjoja, jotka he olivat jo lukeneet. Muistan ainakin Aarresaaren ja Osku ja kumppanit ja Robinson Grusoen.

Kuusikymmentäluvun sateisina kesäpäivinä istuin usein liiterissä seuranani Viisikko, Kapteeni Grantin lapset, Seljan tytöt tai joku muu nuortenkirja. Sade ropisi liiterin kattoon. Koivupuut tuoksuivat hyvältä. Rakennuksen toisessa päässä oli sauna, jonka takana oli sian karsina. Keväällä otettu possu röhki ja kuoputti karsinassaan odottaen, että toisimme sille vesiheinää.

 Pappilan metsässä oli iso sahajauhokasa, jossa säilytettiin jäitä kesällä. Navetan takana kanat kotkottivat aitauksessaan, niitä oli mukava seurata verkon takaa tinkimaitoa odottaessa. Hinkki piti kantaa kotiin ja asettaa kaivolle kylmävesi sankoon jäähtymään. Joskus saimme kuoria kerman maidon päältä ja keittää nekkuja, miten hyviä ne olivatkaan!

Koulu alkoi syyskuun alussa. Ensimmäisen koulupäivän muistan. Äiti saatteli minut aloituspäivänä. Opettaja Kaisa Lankinen piti nimenhuudon. Kun minun nimeni mainittiin, äiti vastasi. että "täällä". Ajattelin, että olisin minä itsekin osannut.

 Minun luokkani oli tiilikoulussa, jota nykyisin sanotaan bunkkeriksi. Olin innostunut koulusta, lukemaan olin oppinut viisivuotiaana. Eräänä aamuna, kun laulettiin jotain tuttua virttä, monta oppilasta viittasi laulun loputtua. "Pirjo lauloi kovalla äänellä!" sanoivat opettajalle. Sen jälkeen Pirjo ei laulanut.

Koulua oli lauantaisinkin. Syksy meni nopeasti, pian päästiin perunannostolomalle. Siinä työssä oli koko perhe mukana. Itse kasvatetut perunat riittivät koko talveksi. Joskus isä ja äiti möivät niitä Savolaisen kauppaankin.

Elefanttitossut

Kun olin pieni, talvikenkäni olivat huopatossut. Muistan myös harmaat päällyskengät, jotka kesällä puettiin pikkukenkien päälle, jos satoi. Niitä sanottiin elefanttitossuiksi. Kenkä suljettiin sivusta läpällä, jossa oli painonappi. Minulla ja pikkusiskollani oli samanlaiset elefanttitossut.

Olen kaksi- ja puolivuotias, jalassa
"elefanttitossut", ne olivat harmaat.

Koululaisena tarkenin hyvin kumisaappaissa viidentoista asteen pakkasessa, kun jalassa oli villasukat. Nokian pitkävartiset Kontiot olivat suositut. Myöhemmin tulivat sitten Hai-saappaat. Jonakin talvena ei ollut muita talvikenkiä, kuin monot. Minulla oli hiihtohousut, joiden kanssa monoja käytin, mutta jotkut tytöt pitivät monoja myös hameen kanssa, eikä siinä ollut mitään kummallista.

 Muistan, kun kansakoulussa sai vähävaraisena anoa avustusta talvikenkiä varten. Vanhempani eivät koskaan sitä anoneet. Jotkut pojat saattoivat saada koulun kautta kumiteräsaappaat. Ystäväni kertoi, että hänen koulusta saamiinsa kenkiin oli suutarilla laitatettu nahkavarret.

Äitini ompeli vaatteita meille lapsille ja kengät ostettiin kaupasta. Vaatteet ja kengät kiersivät lapselta toiselle. Mummoni Malviina osti minulle joskus kesäksi Nokian siniset tai punaiset kangastossut. Teini-iässä piti olla valkoiset tennarit, jotka likaantuivat helposti. Ne pestiin saunailtana juuriharjalla ja mäntysuovalla puhtaaksi. 60-luvun lopulla muotiin tulivat samettiset Retu-tossut. Minäkin ostin sellaiset. Pidin niistä, ne olivat hyvät jalassa. Ne eivät olleet kovin kalliit, koska ne olivat kangasta.

Avojaloin ei enää minun lapsuudessani tarvinnut kesälläkään kulkea. Vanhempani kertoivat, että kun he olivat lapsia, oltiin kesät paljain jaloin, ihan pakkasiin asti. Kilvan sitten esiteltiin sierettyneitä jalkoja, kenellä oli komeimmat "variksensaappaat."

Kun kumikenkiin tuli reikä, isäni korjasi sen, kuten polkupyörän puhjenneen kuminkin. Niin tekivät toistenkin lasten isät. Siilinjärvellä oli suutarikin. Pääsin siellä joskus käymään luokkatoverini Helenan mukana.

Suutari Mikko (muistaakseni oikealta nimeltään Nikolai) ja vaimonsa Soja olivat Karjalasta tulleita. He puhuivat omaa murrettaan. Suutarin talo sijaitsi nykyisen kirjaston lähellä olevan jyrkän mäen varrella. Verstas oli rakennuksen ulko-oven puoleisessa päässä. Siellä tuoksui nahka, liima ja pikilanka. Seinillä oli kenkähyllyjä, joissa korjatut kengät odottivat hakijaansa. "Tytöt, p-kele", tokaisi suutari Mikko Singerinsä äärestä, kun astuimme ovesta sisään. Suutari oli puhelias. Ei hän ollut pahantahtoinen, vaikka olikin kova kiroilemaan. Se kuulosti oudolta korvissani, sillä koskaan en ollut kuullut kotonani äidin enkä isän kiroilevan.

Suutarilla oli viisi lasta. "Ottaako tytöt tsaikkua?" kyseli ystävällinen emäntä. Tee oli hienossa samovaarissa. Kotona olin tottunut juomaan kaakaota, en halunnut teetä.

Nykyajan ihmisillä on monet kengät joka lähtöön. Elintaso on noussut. Ajatelkaapa, jos perheen lapsilla olisi vain yhdet yhteiset kengät, joilla ulos pääsisi vuorotellen. Vaikeaa on kuvitella yltäkyllyyden keskellä, että joskus on ollut sellainen aika.

Hyppelihiiri Myökkipyökkimetsässä

Oli myöhäinen syyskesän iltapäivä. Lunta ei ollut vielä maassa. Vuosi oli ehkä 1956. Ajattelen niin olleen, koska en ollut vielä koulussa. Pääsin äidin mukaan kirjastoon.

Kotiin jäivät minua kaksi vuotta nuorempi siskoni Marja ja viisi vuotta nuorempi veljeni Heikki isän kanssa. Marja oli neljävuotias ja Heikki vain vuoden vanha pikkupoika. Heikkikin osasi jo kävellä, kyllä isä hänen kanssaan muutaman tunnin selvisi, vaikka isän liikkuminen ei ollut helppoa, hän pystyi liikkumaan vain käyttäen kainalosauvoja. Lonkkanivel ja osa selkärankaa olivat vaurioituneet tuberkuloosin seurauksena hänen ollessaan rintamalla.

Kerrankin sain olla äidin kanssa kahdestaan. Eikä äiti ollut edes vihainen. Nopeasti meni kävelymatka kirjastolle, joka oli silloin talossa, jota sanottiin Kievariksi. Siinä oli ennen toiminut majatalo. Silloin viisikymmentäluvulla siinä oli Siilinjärven kunnantalo sekä kirjasto. Kymmeniä vuosia myöhemmin talossa oli koululuokkia, se sijaitsi Siilinjärven yhteislyseon läheisyydessä.

Tuo talo on vieläkin olemassa. Tosin se on siirretty Ruokoniemen leirikeskukseen. Näin sen siellä, kun joku lapsistani kävi Ruokoniemessä rippikoulua.

Kirjastomatkan varrella näemme eläinlääkäri Haarasen ison Kosa koiran, joka hötkeltää Mantun risteyksessä. Nyt ei tarvinnut pelätä, kun äiti on vierellä. Isot koirat olivat arvaamattomia, kun ne juoksivat vapaina. Pelkäsin niitä.

Mantulta kuljimme radan varren polkua, Siilinlahti on harmaa, onhan pilvinen loppusyksyn päivä. Sepän pajasta kuuluu pajan ääniä ja näkyy valon välähdyksiä. Ennätämme pois radan viereltä, kun höyryveturi lähestyy Kuopion suunnalta.

Kirjasto on lähellä, pian olemme perillä. Talo on iso, harmaa hirsirakennus. Siinä on yhdeksänruutuiset ikkunat ja sisälle mennään rakennuksen keskellä olevasta ovesta. Kirjaston seinät ovat täynnä hyllyjä. Siellä tuoksuu kirjoilta ja ehkä pölyltä. Tiskin takana oleva täti valitsee minun kirjani, ja ne näyttävät minusta mukavilta. Siinä ovat "Hyppelihiiri myökkipyökkimetsässä " ja Kasper, Jesper ja Joonatan, kolme iloista rosvoa. Minulle kirjoitetaan oma kirjastokortti, koska osaan jo lukea.

Äitini valitsee itselleen useita kirjoja. Kirjojen takakannessa on tasku, johon tulee lainauskortti. Olikohan siinä joku päivämäärä, johon mennessä kirja oli palautettava, sitäpä en varmaksi muista. Saan omat kirjani pieneen reppuuni, äidin ompelemaan, jota kannan selässäni. Olemme valmiit kotimatkalle.

Puissa ei ole enää paljon lehtiä. Kotimatka sujuu iloisesti hypellen. Odotan, että pääsen lukemaan lainakirjojani. Iltapäivä on alkanut hämärtyä, kun avaamme kotioven. Saan iltapalaksi herkkuani, pullamössöä. Lautaselle pilkottiin paloja pullaletistä, päälle vähän sokeria ja maitoa. Olipa se silloin hyvää! Ei nykyisin katsota terveelliseksi.

Ennen unen tuloa pääsin tutustumaan kirjoihini. Muistan, että pidin enemmän Kolmesta iloisesta rosvosta.

Äitini oli ahkera lukija. Lapsille luettiin myös. Muistan, kun istuimme siskon kanssa äidin molemmin puolin, pikkuveli oli äidin sylissä. Tutuiksi olivat tulleet Andersenin satukirjan sadut, Aapisen tarinat ja Lukemisia Lapsille, jota kummitätini osti minulle vuosittain syntymäpäiväksi tai joululahjaksi. Nyt minulla oli mahdollisuus aina saada kirjastosta uutta luettavaa.

Valkoiset torakat ja muuta mukavaa

Minulla oli monta nukkea. Äiti uudisti meille vanhoja nukkeja joululahjoiksi. Pää tai vartalo saattoi olla uusi. Ehkä eniten leikin Sirpa-Riitalla. Se oli iso nukke, jolla oli kangasvartalo ja kiinni ommeltu pää. Sirpa-Riitalla oli mustat silkkiset letit ja sen silmät sulkeutuivat. Äiti oli ommellut sille punaiset samettihousut samasta kankaasta, josta Marjalla ja minulla oli ulkohousut. Sirpa-Riitalla oli oikeat pienet kengät, pikkuveli Hannun entiset. Leikin sillä vielä kolmetoistavuotiaana.

Minulla ei ollut yhtään pehmolelua. Sisarellani oli harmaa pupu, jonka hän oli saanut lahjaksi kummitädiltään Aili Parviaiselta. Olin vähän kateellinen siitä pupusta.

Kirjat olivat minulle tärkeitä jo lapsuudessani. Osasin lukea viisivuotiaana. Muistan, kun istuimme lattialla ja luin Tammen Kultaisten kirjojen Maalarikissat-kirjaa pienemmille sisaruksilleni. Minulla oli siihen aikaan myös oma aapinen. Joka joulu saimme lahjaksi uuden kirjan.

Piirsimme paljon. Äiti toi kaupasta makulatuuripaperia sitä varten. Oli meillä muovailuvahatkin.

Äiti pelasi meidän lasten kanssa tulitikkupeliä. Siinä noukittiin kasasta tikkuja. Niin kauan sai ottaa, kun muu, kuin otettava tikku liikahti. Silloin vuoro siirtyi toiselle. Olimme myös "kangaskauppiasta". Kauppiaalla oli tarjolla "Silkkiä, samettia, sarkaa, verkaa. Siinä sanottiin: "Kenen pantti tulessa ja tervassa kiehuu ja mitä sen on tehtävä." Tarkasti en muista tuon leikin kulkua. Pantti piti kuitenkin lunastaa suorittamalla se tehtävä. Äidin kanssa oltiin myös "Mitä tiedät ystävästäni" peliä. Oltiin myös "Hirsipuuta".

Joulupukki toi jonakin vuonna Tammi-, Mylly, ja Halmapelikokoelman. Niitä pelasimme äidin kanssa, samoin Mustaa Pekkaa.

Isä opetti pelaamaan seiskaa pelikorteilla. Hän neuvoi, miten tehdään pajupilli ja kirjokeppi. Isä valmisti meille koronalaudan. Hän teki myös korkeushyppytelineet ja mukavasti linkuttavan työntöpyörän. Isä valmisti jousipyssyn nuolineen.

Isä neuvoi soittamaan mandoliinia ja myöhemmin haitaria. Muutamia kappaleita osaan vieläkin soittaa. Isältä lähtivät Säkkijärvenpolkat ja Mustat Rudolfit upeasti.

Kesäisin vaeltelimme metsissä lintujen pesillä. Vanhemmat olivat neuvoneet, että niihin ei saanut hengittää, ettei emo hylkäisi pesää.

Kiipesimme leppäpuihin mahdollisimman korkealle. Otettiin latvasta kiinni ja hypättiin alas. Se oli jännittävää. Ikinä ei sattunut mitään haaveria näissä hyppyleikeissä, mutta kerran tuli jotain riitaa naapurin poikien kanssa. Muuan heistä heitti minua otsaan maitokannulla.

 Siitä tuli lääkärireissu. Pojan isä käytti minua lääkärissä kuorma- autollaan. Eniten harmitti, kun pojan piti käydä vielä anteeksi pyytämässä tekoaan.

Tehtiin souturetkiä Kiekonniemeen, jossa yövyttiin teltassa. Meillä oli evästä mukana. Ongittiin, siivottiin kalat ja paistettiin nuotiossa ja syötiin.

Meillä oli maamajoja, oli muutaman metrin tunneli ja sen päässä pieni luola. Syksyllä oli jännittävää polttaa siellä kynttilöitä.

Talvisin tehtiin lumilinnoja ja niiden lumiuuneissa poltettiin paperia. Suojasäällä pyöriteltiin lumesta pieniä leikkilihapullia. Ne näyttivät oikeilta, kun ne pyöriteltiin hiekassa ja sahajauhoissa, joita löytyi liiterin lattialta.

Eräs talvileikki oli, kun tehtiin potkureista raketti ja mentiin avaruuteen. Meillä oli potkurit, pulkat, sukset ja rattikelkka, niitä käytimme ahkerasti.

Syksyisin iltojen pimentyessä "lainattiin" kaverin isän valkoisia paitoja ja niissä muka kummiteltiin ulkona ihmisille.

Yksi leikki oli jännittävä. Tehtiin houkuttelevan näköinen paketti. Siihen laitettiin pitkä naru. Sitten mentiin tien varteen "narraamaan". Paketti oli muka pudonnut tielle. Pusikossa odotimme piilossa, että joku tulisi ja yrittäisi ottaa paketin. Sitten vedimme narusta ja olimme valmiina juoksemaan karkuun. Aika moni nauroi, mutta välillä oli juostava kovaa!

Tavallisia pihaleikkejämme olivat piilonen, vinkkinen ja kymmenen tikkua laudalla. Myös nurkkaukkoa leikittiin.

Pelasimme pesäpalloa aina, kun saimme pelaajia sen verran kokoon, että jonkunlainen peli onnistui.

Sisaruksillani ja minulla oli salaseura. Sen nimi oli Valkoiset Torakat. Meillä oli tulitikkulaatikossa liimapaperista leikattuja valkoisia torakoita, joita liimailimme merkiksi sinne tänne. Kirjoitimme myös Valkoisten torakoiden päiväkirjaa, se on vieläkin minulla tallessa. Olimme lukeneet Jalmari Finnen kirjan Valkoiset Torakat ja sitä matkimme.

Pikkuveljillä oli jo legoja ja jonkinlainen mekano-sarja. Kesällä ammuttiin putkipyssyillä pihlajanmarjoja.

Nuket olivat tärkeimmät leluni lapsuudessani. Kuljettelin mukanani myös naapureiden vauvaikäisiä lapsia. Haaveilin aina, että jos löytäisin metsästä jonkun hylkäämän vauvan, niin ottaisin sen omakseni ja pitäisin siitä huolta.

Muistan, kun vielä 60-luvulla oli lehdessä ilmoitus, jossa luki: Annetaan hyvään kotiin vastasyntynyt poikalapsi. En voinut ymmärtää, miten joku pystyi antamaan pois ikioman lapsensa.

Suattasin syyvvä

Meillä oli tapana siskoni kanssa vaellella kotimme lähiympäristössä. Albanus Sonnisen pihan poikki oikaistiin "Pappilan metsään".

Sateen jälkeen aurinko oli alkanut paistaa. Metsä höyrysi, ja mikä tuoksu metsässä olikaan. Peipponen lauloi koko ajan ja toinen vastasi. Aidan varressa oli jo kypsiä metsämansikoita ja mesimarjoja. Noukimme niitä mukeihimme.

Metsässä oli sahajauhokasa, jossa säilytettiin jäitä. Pappilan väki käytti niitä, ehkä niillä viilennettiin maidot. Muonamiehen talon takana oli kanala. Menimme verkon taakse katsomaan. Siellä kanat taapersivat edestakaisin ja kotkottivat. Siskoni sai verkon läpi otettua valkoisen sulan, joka oli maassa. Kanojen aitauksessa oli munan kuoren kappaleita.

Meillä oli vielä liian vähän mansikoita. Olisikohan radan varteen kypsynyt uusia? Juoksimme pappilanmäen alas. Junaradalle ei ollut pitkä matka. Radanvarresta saimme mukit täyteen mansikoita ja mesimarjoja.

Kallioleikkauksen suunnalta kuului vihellys, lättähattu sieltä tuli kohti Siilinjärven asemaa. Se alkoi jo jarrutella. Vilkutimme ja meille vilkutettiin.

Kun tulimme kotipihaan, sisko pyysi äidiltä perunan ja työnsi sulan siihen. Siitä tuli häntäpallo, jota oli mukava heitellä.

Mansikoista riitti pikkuveljillekin. Pistelimme herkut suihimme. Minullekin ne maistuivat, vaikka olinkin aika nirso syömisteni suhteen. Olin pieni ja hento. Kouluun lähtiessäni painoin 17 kiloa. Minua yritettiin välillä lihottaa. Äiti tai isä vatkasi kananmunan ja pikkuisen sokeria kahvikupissa. Se maistui hyvältä, kuin kakkutaikinaa olisi syönyt.

Olin pieni koululainen, kun sairastuin "aasialaiseen influenssaan". Makasin sängyssä, enkä jaksanut nousta edes syömään. Isäni Reino, joka oli 100 % sotainvalidi, ja kulki kainalosauvoilla, hoiteli minua.

Isäni toi minulle pieniä ruisleivän palasia, nipipaloiksi niitä meillä sanottiin. Ne olivat sitten hyviä. Leivän reunat olivat hyvin paistuneet ja niihin oli sipaistu pikkuisen voita. Äitini leipoi leivän itse. Aina olen tykännyt ruisleivästä, vaikka en voinut moneen vuoteen sitä syödäkään paksusuolen leikkauksen jälkeen.

Muistan köyhät ritarit, pullat ja munkit, joita äiti valmisti. Suklaapuuro, kylmäksi vatkattu mannapuuro, jossa oli kaakaojauhetta, ja jonka päälle ripoteltiin sokeria, oli herkkua. Pullamössöä oli usein välipalana, kun tulin koulusta. Siinä lautaselle silputtiin pullanpaloja, päälle sokeria ja maitoa. Vähän isompana sitten join kahvia, jossa kastoin pullan palaa. Ei sen ajan välipalat olleet nykysuositusten mukaisia.

Oli syksy 1955. Oli lauantai-ilta ja kypsyvä karjalanpaisti uunissa levitti hyvää tuoksuaan. Olimme menossa nukkumaan. Äiti touhusi jotain, hän petasi itselleen vuoteen olohuoneeseen.

Olimme siskon kanssa jo nukahtaneet, kun kätilö Karhu oli tullut meille.

Kesällä 1956, Pirjo 6 vuotta, Marja
neljä vuotta ja pieni Heikki 10kk.

Äiti kertoi myöhemmin, että kätilö oli ensin tuumannut, että "suattasin syyvvä". Kätilö oli syönyt paistinlihoja ja sitten oli käyty töihin.

Yöllä isä Reino herätti meidät tytöt katsomaan, kun kätilötäti kapaloi keittiön pöydän ääressä huutavaa mustatukkaista pikkuveljeä. Osan tästä muistosta ovat vanhempani minulle kertoneet, mutta tuon kapalointi hetken muistan. Pikkuveli

syntyi kotona syyskuun 30.päivä vuonna 1955 ja sai nimekseen
Heikki Antero.

 Kun pikkuveli kastettiin noin kuukautta myöhemmin, äiti keräsi
kastepöytään viimeisiä orvokkeja lumisesta penkistä.

Koulutieni

Kun ajelen pyörällä Mantun talon ohi tyttäreni luo Kasurilaan, ohitan Touhulan päiväkodin. Iloiset äänet kaikuvat pihalta lasten ulkoleikeistä. Tätä samaa tietä minä kuljin kouluun. Täytin seitsemän vuonna 1957 ja syksyllä aloitin koulutieni.

Meiltä lähdettäessä oli heti kohta Rasin mutka, joka oli tosi jyrkkä. Siinä oli mäen päällä kaksi taloa, Rasi ja Pirskanen. Rasin piharakennuksessa oli polkupyöräkorjaamo, jonka katolla oli polkupyörä.

Rasista sain käydä myös ostamassa mopon bensaa. Isä opetti sanomaan: "Saisinko 5 litraa neljä prosenttista kaksitahti seosta." Muistan sen bensan hajun, kun Rasin Väinö setä valutti sitä minun kannuuni.

Pirskasessa asui leskirouva Lyyli Pirskanen kolmen poikansa kanssa. Nuorin pojista oli Kalevi. Kun kasvoin, sanoi mummoni Malviina, joka oli Lyylin ystävä, että "mänis Pirjo naimisiin tuon Kalevin kanssa!" No, eipä mennyt.

Koulutie jatkui Mantun suuntaan. Ei ole enää sitäkään kunnalliskodin riihtä, jossa eräs pöllö asusti. Se oli kesy. Yksi vanhainkodin mies kuljetteli ja esitteli pöllöä tiellä kulkeville ihmisille, minullekin, pienelle tytölle.

Matkan varrella oli myös eläinlääkäri Haarasen talo. Haarasilla oli saksanpaimenkoira Kosa, joka sai juosta irrallaan ja pelotella lapsia. Pelkäsin sitä, kun se tuli lähelle, vaikka ei se purrutkaan. Siihen aikaan koirat saivat olla irti.

Äiti saattoi minut joskus Paldaniuksen talolle, josta pääsin kulkemaan yhdessä minua vuotta vanhemman Aulin kanssa kouluun. Matka jatkui nykyistä asematietä osulan ja Hirvosen kahvilan ohi ja radan yli.

Hirvosen kahvilan kohdalla radan vierellä oli joskus kulkukauppias Veikko Ruotsalainen isoine laukkuineen. Hänen tuotteitaan oli esillä myyntipöydällä. Mies oli jotenkin sairas, hän liikkasi ja kädet vatkasivat kummallisesti. Koulupojat härnäsivät ja matkivat häntä ja juoksivat karkuun, miehen yrittäessä saada heitä kiinni. En koskaan osallistunut härnäykseen, mutta juoksin kyllä pakoon.

Höyryveturi seisoi siinä aseman sivuraiteella. Se oli hieno ja kiiltävä. Radan jälkeen olivat Kallan kauppa ja Pekka Miettisen kauppa. Joskus ostettiin Kallasta pennin nallekarkkeja. Ne maistuivat makealle.

Sitten oltiinkin koululla, se oli iso, punatiilinen rakennus. Luokissa oli uunit, joiden lämmityksessä järjestäjän piti auttaa.

Äiti saatteli ensimmäisenä päivänä kouluun. Matkaa oli noin kolme kilometriä. Muistan sen koulupäiväni. Meidän luokassa oli ensi- ja toisluokkalaisia. Opettajan nimi oli Kaisa Lankinen. Ensin oli nimenhuuto. Taisimme saada aapisetkin, kannessa oli aapiskukon kuva.

Kun äiti tuli hakemaan koulun jälkeen, hän torui minua, kun takki auki juosta leuhotin. Olin niin innoissani.

Kun pääsin oppikouluun, oikaisin koulumatkalla pyörällä Mantun kentän kautta radan vartta menevää polkua pitkin. Siellä lähellä Siilin lahden rantaa oli seppä Soinisen paja, jonka ikkunasta punaiset kipunat sinkoilivat sepän työskennellessä. Kun täytin 15 vuotta, sain käydä koulussa isän Simson mopedilla. Se oli mukavaa. Mopot pysäköitiin koulun taakse, seinän viereen.

Kyllä minua joskus väsytti kovasti, kun kävelin koulusta kotiin. Toisinaan Hannes-setä, pappilan muonamies, otti minut rekeensä kyytiin. Keskikoulun viimeisillä luokilla oli paljon kotitehtäviä. Rehtori Rauha Jaakkola antoi neuvon: "Ehkä ette ennätä ulkoilla, mutta teillä on koulumatkat, nauttikaa niistä!"

Raha-asioita

Kesällä 1964, ollessani 14-vuotias, minua pyydettiin töihin Siilinjärven kauppiasperheeseen. Tehtäväni oli hoitaa vauvaa, 8 kuukauden ikäistä Riittaa. Perhe tarvitsi lapsenhoitajaa kuukauden ajaksi, kun omat isot lapset olivat leirillä. Heillä oli muistaakseni minun ikäiseni tyttö ja minua vanhempi ja nuorempi poika tyttövauvan lisäksi.

Sain palkkaa kuukauden ajalta 80 markkaa. Työni ei ollut vaikea, olin lapsen kanssa päivän, kun hänen äitinsä työskenteli myymälässä. Rouva kävi itse syöttämässä lapsen ja laittamassa ruokaa. Heidän asuntonsa oli kaupan yhteydessä. Minä olin perheen esikoisena tottunut lapsia hoitamaan. Leikin pikkuisen kanssa ja ulkoilutin häntä vaunuissa. Lapsella oli valkoinen toppapuku, vaikka oli kesä.

Kuukausi kului nopeasti. Sain käteeni palkkarahani. Se oli suuri summa minulle. Ostin itselleni Kuopiosta Pusalta James-farkut ja valkoisen villatakin. Olin niistä onnellinen.

Aikaisemmin olin hankkinut omaa rahaa harventamalla lanttua ja sokerijuurikasta. Hirveää hommaa helteessä. Eikä siitä monta markkaa saanut. Olimme myös siskoni kanssa myyneet mansikoita. Meidän piti itse hoitaa omat mansikkarivit. Kitkimme rikkaruohot, leikkasimme rönsyt. Haimme sammaleita suolta marjojen alle, etteivät ne olisi multaantuneet. Mansikat menivät hyvin kaupaksi.

Kotoa emme saaneet viikkorahaa, kotityöt kuuluivat kaikille. Kauppareissulla sain joskus ostaa Rixraxin tai jopa Dacapo-patukan. Melkein aina, kun halusin, sain myös ostaa osulasta rusinoita pienen pussillisen. Se maksoi 50 penniä. Isä antoi rahaa oppikoulun kirjoihin ja muihin menoihin.

Minulla oli omat eväät, koska oppikoulussa ruokailu oli maksullinen. Olin aika nirso ruuan suhteen, melkein leipä, perunat ja puolukat riittivät.

Sain pikkuisen tuloja lukijanvärssyistä, joita lähetin Savon Sanomiin. Ennen joulua möimme veljeni kanssa kortteja, niistä saimme rahaa lahjoja varten. Kotona säästämiseen kannustettiin. Kaikki perheen lapset kuuluimme Kultapossukerhoon. Meillä oli kullanväriset säästöpossut. Kultapossukerhon lehti tuli kerran kuukaudessa. Siinä oli mukavia lukuja ja tehtäviä lapsille. Kultapossukerho oli Postisäästöpankin lastenkerho. Sitä mainostettiin: On hienoa olla Kultapossukerhon jäsen!

Kun olin käynyt rippikoulun, pääsin käymään lavatansseissa. Joskus Malviina mummoni antoi minulle viiden markan rahan, sillä sain pääsylipun ostettua. Tanssilava, Kuilun Paviljonki oli niin lähellä, että musiikki kuului meidän pihaan.

Muistan, kun vuonna 1963 tuli voimaan rahanuudistus. Silloin otettiin käyttöön uusi markka, joka oli sata entistä markkaa. Aluksi muutos tuntui kummalliselta, mutta äkkiä siihen tottui. Kun eurot otettiin käyttöön vuonna 2002, oli sitä minusta vaikeampi omaksua. Pitkään piti laskea rahan entinen arvo, verrata euroja markkamäärään.

Tultuani aikuiseksi, en ollut koskaan työttömänä. Olin Siilinjärven kunnan palveluksessa 42 vuotta. Palkkani ei ollut suuri, mutta se tuli säännöllisesti. Rahani ovat riittäneet menoihini. Jos tuloni olisivat olleet suuremmat, olisin ehkä matkustellut enemmän. Raha tuo turvaa ja vapautta elämään, mutta sen hankkiminen ei ole elämän tarkoitus, eikä raha ole onnellisen elämän takuu.

Pyykkipäivä

Pyykkipäivä 1960-luvulla

Kirjoituspiirissä tehtävänä oli kertoa valokuvasta. Valitsin kuvan, jossa on kevätpäivä toukokuussa, muistaakseni vuonna 1966. Kuva on otettu pilvettömänä päivänä. Maat ovat paljaat, eikä puissa ole vielä lehtiä. Kasvimaata näkyy taustalla. Siellä on mansikkamaata puhdistettu. Rikkaruohosanko on jäänyt odottamaan työn jatkajaa.

Kuvassa äitini ja Malviina-mummoni ovat ripustamassa pyykkiä narulle. On lämmin päivä, kun molemmat pyykkärit ovat paljain käsivarsin. Äidillä sääretkin ovat paljaat.

On jo pesty talvivaatteita, minun sinikeltainen villapaitani, jonka äiti on kutonut, riippuu pyykkinarulla. Lakanapyykkiä näkyy narulla myös ja joitakin tummia vaatteita. Mummo ottaa juuri kaivonkannella olevasta pesuvadista jotain vaaleaa narulle ripustettavaksi.

Muistan, kun otin tuon kuvan. Meidän perheellä oli siihen aikaan halpa Felica- merkkinen kamera, jolla tuli ihan siedettäviä kuvia. Oli iltapäivä, ja olin tullut hetki sitten pyörällä koulusta.

Äidillä ja mummolla on ollut rankka päivä. Saunalle on kannettu vedet kaivolta. Pyykit on pesty pulsaattorikoneellamme, jonka Amerikan setämme Kauko osti meidän perheelle lahjaksi 50-60-luvun vaihteessa. Sitä ennen äidin piti keittää valkopyykki saunan padassa. Kirjopyykki piti hangata käsin lasisella, vihreällä pyykkilaudalla. Sitten pyykit raahattiin joko rantaan, tai vähän myöhemmin naapurin karjakeittiöön huuhdottavaksi.

Kuvassa on kevät, mutta pyykit piti pestä myös talvella. Muistan, kun ne huuhdottiin avannossa pappilan rannassa. Mukana minun piti olla, mutta äiti huuhtoi pyykit. Työnsin vesikelkkaa äidin apuna.

Talvellakin pyykit aluksi kuivatettiin ulkona. Muistan ne jäiset, jäykät lakanat, jotka jatkokuivattiin ullakolla. Kyllähän niihin hyvä tuoksu tuli. Äiti halusi elämänsä loppuun asti kuivattaa pyykit ulkoa, kai se oli hänelle ainoa oikea tapa.

Pyykkipäivä oli rankka, äiti oli väsynyt. "Ala männä perunoita huuhtomaan ja tulta hellaan laittamaan! "äiti pyytää minua.

Menen sisälle ja sytytän tulen hellaan. Sitten haen perunat kellarista ja huuhtelen ne puhtaiksi kattilaan liedelle kiehumaan. Perunoiden päälle asettelen suolakaloja purkista. Lisään puita hellaan ja otan läksykirjat pöydälle. Minun pitää opetella ruotsin sanoja. Huomenna on kokeet.

Syyspuuhia

Syysloma oli 60-luvulla perunannostoloma. Siihen aikaan oli lapsilla koulua lauantaisin ja kesäloma kesäkuun alusta elokuun loppuun.

Lapsuudenkodissanikin kasvatettiin perunaa. Koko perhe oli mukana, kun peruna keväällä kylvettiin ja syksyn tullen nostettiin. Isäni oli sadan prosentin sotainvalidi. Hän liikkui kainalosauvoilla ja toimi meille "työnohjaajana". Äiti kaivoi perunat esiin talikolla ja mummo ja me lapset keräsimme ne sankoihin. Sitten ne kaadettiin kellarin ikkunasta lavaa myöten laariin. Kellarissa oli hyvä perunan ja mullan tuoksu. Koko talveksi perunat riittivät.

Jo ennen perunannostoa ja yöpakkasia äiti oli ottanut vihreät tomaatit sisälle. Tomaatit kääritiin paperiin ja nostettiin laatikossa keittiön yläkaappiin kypsymään. Myös omenia saatiin oman pihan puusta. Ne olivat talviomenia, kovia, vihreitä.

Kasvimaalta saatiin porkkanat, kaalit, lantut ja nauriit. Kotipihassa kasvoivat viinimarjat ja karviaiset, joita poimimaan oli syyskuun alussa kiirehdittävä koulun jälkeen. Mansikka oli kypsynyt aikaisemmin. Meillä lapsilla oli omat mansikka penkit, joiden hoidosta piti huolehtia. Omasta penkistä saadut marjat saimme myydä ja pitää rahat.

Kukkapenkissä näyttivät vain kultapallot olevan vielä kukassa. Alkukesästä olivat siniset lupiinit kukkineet, ja myöhemmin leimukukat ja neilikat. Äiti oli kerännyt kehäkukan ja krassin siemeniä talteen. Daalian mukulat äiti ottaisi ennen pakkasia talvehtimaan.

Syksyisin meillä lapsilla oli mukavat pimeänajan leikit. Joskus "kummiteltiin" naapurin, Rahikan sedän vanhoissa valkoisissa paidoissa. Taskulamppujen kanssa oli pimeässä jännittävä liikkua. Meillä oli omatekoisia miekkoja ja pojilla nallipyssyt, jotka pamahtivat kovasti.

Kun illat pimenivät, pelotti joskus lähteä käymään ulkohuoneessa, vaikka sisko tai veljistä jompikumpi oli mukana. Muistan, kun juoksimme kovaa kotirappusille ja tuntui, että joku ajaa takaa.

Kun syksy eteni ja tulivat kunnon pakkaset, oli mahtavaa kiitää lumettomalla Oikeakätisen jäällä luistimilla.

Lauantaina koulupäivä oli lyhyempi, kuin muina päivinä. Oppikoulun rehtori oli arvokas Rauha Jaakkola, hän opetti maantietoa. Tunneilla leikittiin joskus mukavaa leikkiä, jossa jokainen sai sanoa yhden asian läksystä.

Joskus koulussa oli esiintymässä viulutaitelija Heimo Haitto. Juhlasaliin kokoonnuttiin häntä kuuntelemaan. Juhlasalissa näytettiin toisinaan oppilaille luontofilmejä, kuten esimerkiksi "Serengeti ei saa kuolla".

Kun olin keskikoulun viidennellä luokalla, meidän luokka esitti kevätjuhlassa näytelmän "Tuhkimo". Minä pääsin kuiskaajaksi. Se oli opettajalta oikea valinta, olin liian ujo, että olisin uskaltanut lavalla esiintyä. Kuiskaajana sain olla mukana koko näytelmässä, vaikka olinkin verhon takana.

Siilinjärvellä oli myös elokuvateatteri Kino. Mieleeni ovat jääneet katsomani elokuvat Iiris Rukka ja Sound of Music. Shirley Templeä kiharoineen pääsin myös katsomaan. Toki muistan Tuntemattoman sotilaan, mutta lienen ollut liian nuori sitä katsomaan, kun se ei minua ollenkaan kiinnostanut, eikä jäänyt mieleen.

Kesällä Tampereella

Kesällä 1967 olin seitsemäntoistavuotias. Syksyllä aloittaisin lukion toisen luokan Siilinjärven yhteislyseossa. Olin tutustunut Kuuslahden nuorisoseurantalolla tansseissa samanikäiseen Ristoon.

Risto ajeli mopollaan usein minua tapaamaan. Toukokuun lopulla vanhempani ilmoittivat, että minun pitäisi lähteä kesäkuuksi Tampereelle vahtimaan Kalle-enoni lapsia. En ilahtunut, enhän sitten näkisi Ristoa.

 Aikuisena olen päätellyt, että se saattoi olla taktinen veto vanhemmiltani. Ajattelin, että sisareni Marja olisi voinut lähteä. Mutta ei se ollut mahdollista. Marjalla oli kesäkuussa rippileiri Vanhassa Pappilassa, joka oli meidän naapurissa.

Lähdin tietysti Tampereelle. Enoni kävi minut hakemassa. Lapset olivat Matti 13 vuotta ja Hannele 8 vuotta. Molemmat olivat koululaisia, mutta tarvitsivat silmälläpitoa vanhempien töissä ollessa. He asuivat Tampereen Raholassa kerrostalossa. Omakotitalossa ikäni asuneena kerrostaloasunto oli minulle uutta. Eihän siellä ollut puuhellaakaan, jonka avulla olin tottunut kotona tekemään ruokaa. Myöhemmin kotiini tosin hankittiin kaasuliesi, joka oli nopea ruuanlaitossa.

 Nyt piti opetella käyttämään sähköhellaa, kun lämmitin lapsille ja itselleni ruokaa päivisin. Enoni vaimo Kirsti valmisti päivällisen kotiin tultuaan. Eivät ne ruuat olleet mielestäni äidin ruokien veroisia, mannapuurokin oli ohutta litkua, äitini oli keittänyt paksun puuron ja laittanut siihen vielä rusinoita. Olin äitini ruokiin tottunut ja aika nirso uusien ruokien suhteen.

Enoni luona sain nukkua olohuoneen sohvalla. Vanhemmilla oli oma makuuhuoneensa ja lapsilla omansa. Aamulla eno Kalle lähti töihinsä Nokian kumitehtaalle, jossa toimi työnjohtajana. Kirsti vaimo oli töissä TV2:ssa.

Söimme lasten kanssa aamupalaa, kävimme ulkoilemassa puistoissa ja kallioalueilla, joita Raholassa oli paljon. Luin heille, tai oikeastaan Hannelelle, kirjoja, pelasimme Mustaa Pekkaa ja piirtelimme. Ei minulla ollut vaikeuksia lasten kanssa.

Rahola on Pyhäjärven rannalla. Siellä kävimme enoni perheen kanssa retkellä viikonloppuisin. Muistan, miten kaunista oli, luonto oli vehreää ja rannassa kasvoi ikivanhoja puita. Pyörätie kiemurteli lähellä vesistöä. Siellä oli uimapaikkoja ja nuotion teko oli myös mahdollista.

Joskus eno vei meidät viikonloppuisin Tampereen keskustaan. Kävimme lähellä rautatieasemaa olevassa sorsapuistossa, jossa monet ihmiset viettivät vapaa-aikaansa. Lammissa ui sorsia, hanhia ja joutsenia. Siellä oli myös upeita riikinkukkoja ja kalkkunoita ja muita lintuja.

Riston kanssa olimme kirjeenvaihdossa Tampereella olo aikani. Nopeasti meni kesäkuu. Enoni vei minut kotiin ja sisareni Marja lähti vuorostaan lapsenvahdiksi heinäkuun ajaksi. Marja oli toista vahdittavaa vain kaksi vuotta vanhempi, ja poika teki hänelle pikku kepposia, laittoi esimerkiksi suolaa siskoni piimälasiin. Siskoni muistaa, että olisimme saaneet 20 markkaa palkkaa kumpikin kuukauden ajalta. Minulla ei ole siitä muistikuvaa.

Mukavaa oli palata kotiin kuukauden jälkeen. Kodin kahvikupit näyttivät omituisen pieniltä, muistelin, että ne olisivat olleet suurempia. "Määt" ja "säät" eivät tarttuneet puheeseeni "nääs"-sanasta puhumattakaan. Savon murre tuntui luontevammalta.

Heinäkuukin minulla oli töitä, olin lupautunut hoitamaan naapurin puolitoistavuotiasta Timo-Pekkaa. Aluksi hän ei olisi halunnut jäädä kanssani, kun vanhemmat lähtivät töihin. Mutta hoitopäivän jälkeen poika pyrki minun mukaani, se tuntui kyllä mukavalta.

Riston kanssa vielä tapailtiin, mutta sekin jäi, kun minä menin jatkamaan lukiota ja Risto lähti maatalouskouluun.

Nykyisin Tampereella asuvat kolme lapsenlastani. Ehkä tulee käytyä siellä kesän mittaan.

Inkeri palasi Ruotsista

Siinäpä oli miettimistä, mistä kirjaelämyksestäni kertoisin? Olen lukenut kirjoja viiden vuoden ikäisestä. Luen edelleen joka päivä.

Valitsin Aili Konttisen "Inkeri palasi Ruotsista." Aili Konttinen sai siitä Topelius-palkinnon vuonna 1948. (Myös Kirsi Kunnas, joka kuoli äskettäin (2021) on saanut Topelius-palkinnon, 1992), joka annettiin parhaalle lasten ja nuorten kirjalle. Kirja Inkeri palasi Ruotsista, on käännetty yhdeksälle kielelle.

Luin kirjan aikuisena, mielestäni se ei ole ollenkaan lasten ja nuorten kirja. Se kertoo neljä vuotta sotalapsena Ruotsissa viettäneestä Inkeristä. Suomen vanhemmat halusivat lapsen takaisin kotiin. Paluu ei ollut helppo. Inkeri ikävöi mammaansa ja pappaansa. Hän ei ymmärtänyt suomen kieltäkään enää. Ruotsin mamma ja pappa olivat hemmotelleet lasta kaikin tavoin ja olivat häneen syvästi kiintyneet. He olisivat halunneet hänet pltää.

Suomalaiset vanhemmat olivat epätoivoisia tilanteesta. Kirja kertoo koskettavasti lapsen ja perheen tunteista ja elämästä sodanjälkeisessä Suomessa.

Inkerin äiti on luovuttanut, hän päättää antaa lapsen itse valita mihin hän kuuluu. Ruotsin mamma tulee hakemaan tyttöä, mutta Inkeri meneekin Suomen äidin syliin ja jää Suomen kotiin. Aili Konttinen kertoo taitavasti , miten Inkeri pikkuhiljaa oppii tulemaan toimeen sisarustensa kanssa ja rakastamaan perhettään.

Minusta tuntui lohdulliselta, ettei Ruotsin perhekään jäänyt kokonaan ilman Ingeriään, vaan he tapasivat vielä monta kertaa toisiaan. Tuntui hyvältä, että perhe pystyi tekemään sovintoratkaisun lapsen parasta ajatellen.

Äitini luki kirjan, kuten monta muutakin suosittelemaani. Keskustelimme sotalapsiasiasta. Olen syntynyt vuonna 1950, eikä lasten lähettäminen Ruotsiin tai Tanskaan ollut enää silloin aiheellista, mutta äitini sanoi, etteivät he olisi luopuneet aarteistaan missään olosuhteissa.

Jokainen vanhempi haluaa parasta lapselleen. Niin varmasti nekin vanhemmat, jotka joutuivat tekemään vaikean ratkaisun, lähettämään lapsensa toiseen maahan. Pikku-Inkerillä oli hyvä olla Ruotsissa, mutta niin ei ole ollut kaikilla lapsilla.

Tuntui hyvältä, että tässä kirjassa oli onnellinen loppu. Suosittelen, lukekaa, jos onnistutte jostain löytämään.

Myös muut Aili Konttisen kirjat ovat lukuelämyksiä, joista henkii 30-50- lukujen ajankuva.

Toivon, että ennättäisin elämässäni lukea vielä mahdollisimman monta hyvää kirjaa.

Lämpöinen löyly on kotisaunan

Kun isä ja äiti alkoivat rakentaa meidän kotia, tehtiin ensin sauna. 50- ja 60-luvuilla saunassa käytiin kerran viikossa, lauantaisin. Meidän sauna oli punaiseksi maalattu rakennus, jonka toisessa päässä oli puuliiteri. Kesällä saunan takana oli possun karsina. Muistan, kun revittiin vesiheinää porsaalle ojan varrelta. Saunan seinustalla kasvoi juhannusruusupensas.

 Kylpyvesi kannettiin kaivosta. Talvella vesikelkka oli siinä hyvänä apuna. Saimme sen yhtenä jouluna lahjaksi naapurilta. Sauna oli puhdas ja siisti. Pukuhuoneen penkeillä oli valkoiset matot. Joskus siellä oli juhannusruusun oksia pöydällä maljakossa.

Pienenä kylvettiin koko perheen kanssa. Muistan, kun leikittiin siskon kanssa vastan lehdillä. Kun tukkaa pestiin, minulla meni saippuaa silmiin, ja pääsi itku. Isä suukotti saippuan pois, heti helpotti.

Joskus kuumennettiin makkaralenkkiä pussissa saunan kiukaalla. Kyllä se oli hyvää silloin! Punaista limsaakin saimme puoliksi pullollisen siskon kanssa.

Kun pikkuveljet kasvoivat ja alkoivat huomautella törkeyksiä, halusimme siskon kanssa käydä kahdestaan saunassa.

Saunan lauteitten yläpuolella seinässä oli avattava räppänä. Mukavaa oli huudella naapurin pojalle, joka usein oli siellä meitä hauskuttamassa.

Talvella meillä oli huvi: Saunasta juostiin hankeen pyöriskelemään, ja äkkiä takaisin löylyyn. Heiteltiin lunta kiukaalle, se sähisi mukavasti.

Kahden viikon välein äiti pesi ison pyykin saunalla. Lakanat piti keittää. Pyykkilauta oli vihreä, lasinen. Me tytöt olimme äidin apuna. Huuhtominen tapahtui monen sadan metrin päässä avannolla talvisaikaan.

Pyykkipäivä oli ikävä, äiti väsyi ja oli huonolla tuulella. Olin lykkimässä pyykkikelkkaa, ei minun tarvinnut käsiäni avantoon työntää. Onneksi myöhempinä vuosina saimme huuhtoa pyykit naapurin karjakeittiössä, jossa oli altaat sitä varten.

Joskus meidän saunassa yöpyi mustalaisia. Isä antoi siihen luvan. Mustalaisrouvat kauniissa puvuissaan kauppasivat pitsiliinoja. Muistan, että meillä oli seinällä mustalaispojan myymä korttitaulu.

Sata vuotta sitten synnytykset tapahtuivat usein saunassa. Synnyttäjä oli poissa toisten silmissä ja sauna oli helppo puhdistaa, kun siellä oli kuumaa vettä.

Minun lapsuuskotini saunassa ei synnytetty. Kolme meistä lapsista syntyi Kuopion keskussairaalassa. Pikkuveljistä vanhempi syntyi kodin olohuoneessa, siitä olen kertonut toisessa tarinassa.

Pelakuut kukkivat

Irene kertoo

Valmistellessani pelakuita talvehtimaan, tunnen niiden tuoksun voimakkaana. Pelakuun lehdessä on kuin nukkapinta. Tänäkin kesänä ne kukkivat ahkerasti. Sivelen lehteä sormellani ja muistot vuosien takaa tulvivat mieleeni.

"Ei voi olla hyvän eillä, kun nuo kukat nuin kauheesti kukkivat!" arveli naapurin vanha rouva katsoessaan pelakuitani verannan ikkunalla kauan sitten.

 Sitäkö se ennusti, että Reino sairastui tuberkuloottiseen aivokalvontulehdukseen silloin kesällä 1961. Olin varma, että se on Reinon menoa nyt. Pelotti, miten selviän.

Meillä oli neljä lasta, joista vasta kaksi vanhinta, tytöt, kouluiässä. Pojat vielä pieniä, 6- ja 3vuotiaat. Ei minulla ollut sukulaisiakaan lähellä, jotka olisivat auttaneet. Veljeni Kaarlo asui perheineen Tampereella. Vanhempani kuolivat minun ollessani 18-vuotias, vuonna 1947, vain kuukauden välein. Ei ollut heistäkään tukea, eikä turvaa.

Kävin Reinoa katsomassa Kuopion keskussairaalassa. Pikkumökin mummo, Vatasen Hilja katsoi lasten perään sillä aikaa. Hän kulkee melkein kaksin kerroin, reuma on selässä. Pojat pelkäävät häntä, eivät olisi jääneet. Oli minun päästävä sairaalaan Reinon luo.

Reino oli huonossa kunnossa, mutta vähitellen elämä voitti. Hänet siirrettiin Tarinaan, kun pahin oli ohi. Koko seuraavan talven Reino oli Tarinassa.

Kevätpuolella Pirjo opetteli halkomaan polttopuita. Sujuihan se. Tyttö täytti tammikuussa kaksitoista vuotta.

Talvi oli vaikea rahallisesti. Onneksi kellari oli täynnä perunoita ja oman puutarhan marjoista keitettyjä hilloja. Reinon sotavammaeläkkeet tulivat jo kuukausittain, aluksihan niitä maksettiin kolmen kuukauden välein. Olin oppinut elämään säästäväisesti. Syötiin perunaa ja leiparessua, keitin marjapuuroa ja mehukeittoja. Lapset söivät puurosta siivilöidyt marjojen perkeetkin. Joskus Albanus toi kaloja.

Reino pääsi välillä kotilomalle. Se oli juhlaa. Leivoin pullaa ja ostettiin uuniin karjalanpaisti kypsymään.

Vanhoista vaatteista ompelin lapsille uutta. Onneksi olimme ostaneet poljettavan Tikkakoski-ompelukoneen muutama vuosi sitten.

Mökissä oli sähköt. Reinon äiti lainasi rahat sähköjen laittoon. Maksoimme ne takaisin sitä mukaa, kuin pystyimme.

Välillä tytöillä ei ollut muita talvikenkiä, kuin monot. Hyvin niilläkin talvi meni, monella oli monot talvikenkinä. Kun kevät alkoi tulla, lapset tarkenivat kumikengillä. Reino niitä paikkaili lomalla käydessään viikonloppuisin. Reino teki Tarinassa rottingista tarjottimia ja minulle ison, pyöreän lankakorin.

Kesään mennessä Reinon terveys koheni ja hän pääsi kotiin. Tubilääkkeet, nuo vaaleanpunaiset rakeet ja streptomysiinitabletit olivat käytössä.

Menin töihin Tarinan puutarhalle, kun Reino oli kotona lasten kanssa. Reino sanoi kerran, nyt vuosikymmeniä myöhemmin, että se oli parasta aikaa, kun sai omien lasten kanssa olla ja touhuta.

Rakas mummoni

Ikäihmisen ei ole aina helppo sopeutua uusiin olosuhteisiin. Näin ajattelin, kun mummoni palasi takaisin Varkaudesta muutettuaan sinne isäni ja äitini mukana, kun he olivat myyneet meidän kodin täältä Siilinjärveltä.

Ei Malviina viihtynyt täysin vieraalla paikkakunnalla asuttuaan siihen saakka elämänsä Siilinjärvellä. Oli varmaan kova pala muuttaa pois kotiseudulta. En ymmärtänyt sitä siihen aikaan kunnolla, olin niin nuori ja kiinni omassa elämässäni.

Malviina muutti takaisin kotipaikkakunnalleen pieneen huoneen ja keittiön saunamökkiin, jonka hänelle hommasimme hänen toivomuksestaan. Nyt kun asiaa mietin, olen ihmeissäni. Mummonihan oli silloin samanikäinen, kuin minä nyt. Enkä tunne itseäni ollenkaan vanhaksi!

Siilinjärvellä olimme minä ja puolisoni hänen turvanaan. Kävin usein mummon luona. Ei mennyt pitkä aika, kun hän ei enää halunnut käydä kauppa-asioillaan itse. Rahojen käsittely oli jotenkin vaikeaa. Kävin kaupassa hänelle tarpeen mukaan.

On pakkaspäivä, kun koputtelen taas mummon oven takana. Olen kävellyt Päivärinteeltä kylälle. Odotan esikoistani Satua.

"Tulehan sisälle" Mummo avaa oven. Hän on kääriytynyt huopaan ja jalassa on talvikengät. Huoneessa on viileää. Patteri ei ole päällä. Työnnän töpselin pistorasiaan. Tämä on tavallista. Mummo pelkää pitää sähköpatteria päällä yksin ollessaan.

Puuhella on tuttu, siinä hän polttelee puita, mutta lämpö ei riitä toiseen huoneeseen.

"Laitoin sinulle", sanoo mummo ja ojentaa puolukkahilloastiaa. Syön sokeroidun survoksen nopeasti, tiedän ettei tästä muuten pääse. "Oli hyvää! Kiitos!" sanon. Mummo antaa minulle ostoslistan ja rahaa. Pian käyn Osulasta ostamassa kahvia, leipää, maitoa, appelsiinia ja Pectus-karamellejä.

Kun palaan takaisin elokuvateatterin alapuolella olevaan mökkiin, mummo on keittänyt kahvit ja kuorinut minulle appelsiinin.

Hänellä on muutakin asiaa. "Suat ottoo tuon Kaukon lähettämän nuken kottiis, eekö tuo lie sinulle tarkotettukkii aikoinaan." sanoo mummoni. "Voi, ihanaa", huokaisen. Niin monta kertaa olen nukella mummon luona käydessäni lapsena leikkinyt! Setäni Kauko lähetti kaksi kaunista kiharatukkaista silmänsä sulkevaa nukkea Amerikasta mummolleni. Ja nyt minä saan niistä toisen. Olen siitä mielissäni ja iloinen. Mummo käärii nuken sanomalehteen ja sijoitamme sen kassiini.

"Minä joutasin jo kuolemaan", mummo huokaisee. "Kuulin, kun pojat huutel tuolla ikkunan alla, että mummo kuolemaan." "Ei kai, ei voi olla totta", huokaisen. En usko ollenkaan tuota. Mummo vakuuttaa kuitenkin niin tapahtuneen.

Olen huolissani, ei ole hyvän edellä, kun mummo alkaa kuvitella tuollaisia. Kun lähden kotia kohti, mummo katsoo ikkunasta ja vilkuttaa minulle.

Nukke, jonka Kauko lähetti Amerikasta
mummolleni, istuu edelleen nukkehyllylläni.
Jalassa on mummoni neulomat sukat.

Vähitellen mummon tilanne meni huonommaksi. Ehkä vanhuuden iässä puhjenneella diabeteksella oli osuutta asiaan. Vuoden ajan hän asui meidän pikkuperheen kotimme yläkerran huoneessa. Hän kuuli olemattomia ja pelkäsi.

Kun paikka vanhainkotiin järjestyi, mummo halusi itsekin siirtyä sinne. Tunnen vieläkin huonoa omaatuntoa, kun kävin siellä niin harvoin. Ei ollut silloin meillä autoa. Pyörällä ajelin, esikoinen takatelineessä ja kuopus etutelineessä, kävimme häntä katsomassa. Kolmas tyttöni ennätti syntyä, kun mummoni menehtyi vanhainkodissa keuhkokuumeen seurauksena. Se mummon antama nukke istuu vielä minun nukkekokoelmassani

Radio

Kuusikymmentäluvulla meillä oli iso Salora niminen radio. Sen paikka oli makuuhuoneessa pienen pöydän päällä. Usein sitä yhdessä kuunneltiin.

Varsinaisia lastenohjelmia en muista, kuin Noita Nokinenän seikkailut, joita ehkä kuunneltiin. Markus-sedän lastentuntia en saa mieleeni. Lastentunnit ovat loppuneet vuonna 1956. Silloin olin kuusivuotias. Ehkä en ollut kiinnostunut radiosta ollenkaan.

Vanhempani kuuntelivat sunnuntaisin Jumalanpalveluksen, päivittäin uutisia ja lauantaisin Lauantain Toivotut levyt. Kun aloin olla teini-ikäinen, kuuntelin lauantain toivottuja itsekin. Jossakin vaiheessa radiosta tuli Lista. Se piti aina kuunnella. Ensimmäisiä kappaleita, joista pidin, oli Kari Kuuvan Tango Pelargonia. Tapio Rautavaara oli suosikkini. Pidin myös Beatleseista, joista Ringo, rumpali oli minusta paras.

Muistan, kun vuonna 1963 istuimme koko perhe iltaa viettäen. Isäni viritteli olohuoneessa mandoliiniaan. Äitini istui makuuhuoneen pönttöuunin vieressä puisen laatikon päällä neuloen. Sisareni ja pienet veljeni leikkivät omia leikkejään makuuhuoneen ja olohuoneen tiloissa.

Pojat kokosivat ehkä "meganoitaan", Marja-sisko katseli kiiltokuviaan ja minulla oli kirja luettavana. olisiko ollut Zora Punatukka. Yhtäkkiä pysähdyimme kuuntelemaan, mitä uutisten lukija kertoi: "Yhdysvaltain presidentti John F Kennedy on murhattu! " Tuo oli koskettava uutinen. Vanhempani keskustelivat siitä keskenään.

Nykyisinkin kuuntelen radiota. Automatkat menevät rattoisasti musiikkia kuunnellen. Radion puhelintoivekonsertteja kuuntelen joka viikko. Sunnuntaisin kuuntelen Kansanradion, jonne ihmiset saavat soittaa ja kertoa mielipiteensä asioista. Radiota kuunnellessa voi tehdä käsitöitä, vaikkapa neuloa, ja muitakin askareita. Jos en saa yöllä unta, vaan jään tuskaisena valvomaan, saatan kuunnella Ylen puheradiota. Siinä käy yleensä niin, että nukahdan ja herätessäni on radiokin hiljentynyt. Se sammuu itsestään tunnin päästä avaamisesta.

Ensin meitä oli kaksi

Ensin meitä oli kaksi. Rakensimme kotipesää. Eräänä päivänä meitä oli kolme. Syntyi pieni tyttö. Kun viereeni tuotiin synnytyssairaalassa tummatukkainen, tuhiseva käärö, rakastuin heti. "Voiko tämä olla minun?" huokailin onnellisena. En saanut tarpeekseni hänen katselemisestaan. Olisin halunnut pitää hänet koko ajan vieressäni, mutta vuonna 1970 synnytyssairaalassa vauvat tuotiin äidin luo vain ruoka-aikoina. Olin 20-vuotias ensimmäisen lapseni syntyessä. En ollenkaan tuntenut itseäni liian nuoreksi.

Kun toinen tyttäremme Maarit syntyi, olimme muuttaneet Pikkupappilaan, kokonainen omakotitalo oli meitä varten. Synnytystä edeltävänä päivänä soutelimme helteisessä säässä Siilinlahdella. Illalla alkoivat supistukset. En uskaltanut jäädä yöksi kotiin. Suloinen pieni tyttö syntyi seuraavana päivänä puolen päivän jälkeen. Vauva oli ihana. Hän nukkui yötkin hyvin.

Kolmannen tytön salmme kolme vuotta myöhemmin. Olin koko päivän leikellyt matonkuteita, mies oli lähtenyt töihin yövuoroon Kemiralle kesälomansa jälkeen. Yöllä alkoi tapahtua. Soitin miehelle töihin, että kun tulet kuudelta, niin lähdetään. Mies lähti kuitenkin heti tulemaan. Oli haettava anoppi kylältä toisten lasten luo.

Olimme sairaalassa jo kuuden maissa aamulla. Mies oli käynyt synnytysvalmennuksen kanssani. Eipä siinä vanhettu, tyttö tuli maailmaan 6.45. Ihana, pitkähiuksinen pienokainen.

Maarit sisko ehdotti myöhemmin uudelle vauvalle nimeksi Hepoti Kopoti Ihalainen. Saija hänestä tuli, mutta hevostyttö kuitenkin.

Meni kuusi vuotta. Tammikuussa lumimyrskyjen riehuessa syntyi ensimmäinen poikamme Tommi. Oli perjantai, siivosin kodin. Pitkin päivää tuntui supistuksia. Mies vei minut sairaalaan illalla klo 23. Suloinen poikavauva syntyi muutamaa tuntia myöhemmin.

Kun Tommi oli kahdeksanvuotias, aloin odottaa kuopusta. Minulle tuli raskausmyrkytys odotusviikolla kaksikymmentä. Toukokuussa jouduttiin tekemään keisarileikkaus, kun viikkoja oli 31. Saimme pikkiriikkisen, ihanan poikavauvan, joka painoi 1280g.

Aluksi en uskonut, että saisin hänet pitää. Lohdutin itseäni, että olenhan saanut jo neljä tervettä lasta. Vasta, kun tuo herttainen lastenteho-osaston hoitaja sanoi, että sinulla on suurempi mahdollisuus jäädä auton alle, kuin ettei tämä lapsi selviäisi, aloin uskoa.

Mikaelin piti kasvaa sairaalassa kuukauden ajan. Joka päivä kävin häntä siellä hoitamassa. Kotiin päästessään hän painoi 1900g. Syksyllä painoa oli jo viisi kiloa.

Meillä oli suurperhe, josta olin ylpeä. Äiti toivoo aina parasta lapsilleen, että heillä ei olisi vaikeuksia, että saisivat kasvaa terveinä ja onnellisina. Mutta niin se ei mene. Meidänkin kaikilla lapsilla on ollut omat ongelmansa. Lasten pieninä ollessa ongelmat ovat vanhempien ratkaistavissa, siinä mielessä se on helpompaa aikaa.   Vanhemmuus ei katoa, vaikka lapset olisivat aikuisia. Mutta pitää hyväksyä se, että jokaisella on oma elämä. Toisen puolesta ei voi elää. Onneksi emme tiedä, mitä huomenna tapahtuu.

Meillä on kymmenen lastenlasta, ja kaksi lapsenlapsenlasta, jotka tuovat rikkautta, mutta myös huolia elämään.

"Huokaus niin hiljainen,

rukous äidin jokaisen:

Mun lapsein,

 elämässä jaksathan,

sitä yli kaiken haluan!

Eväät oikeat

kun voisi antaa,

jotka lasta

vaikeuksissa kantaa.

Vaan toisen puolesta ei pysty elämään,

jokaisen on vastuu kannettava itsestään!

Ensi askeleet

Seison lasten teho-osastolla keskoskaapin vieressä. Siellä hän nukkuu, minun toinen poikani. Minua pelottaa. Noin pientä vauvaa en ole koskaan ennen nähnyt. Hän on hengityskoneessa ja hänessä on monenlaisia letkuja ja johtoja, jopa pienessä kantapäässäkin. En uskalla uskoa, että hän selviää.

Minulle tehtiin keisarileikkaus raskausviikolla 31+5 raskausmyrkytyksen vuoksi. Lapsen syntymäpaino oli 1280g ja pituus 39 cm. Silloin oli toukokuu ja lapsen syntymän laskettu aika olisi ollut heinäkuun lopulla. Leikkausta edeltävän kuukauden olin ollut sairaalassa. Odoteltiin vauvan keuhkojen kypsymistä päivä kerrallaan. Tilanne paheni, eikä enää voitu odottaa, molempien henki oli vaarassa raskausmyrkytyksen vuoksi.

Lapsi selvisi. Hän joutui olemaan hengityskoneessa viisi vuorokautta. Veri jouduttiin vaihtamaan keltaisuuden takia kaksi kertaa. Kaksiviikkoisena sain ensimmäisen kerran pitää häntä sylissäni, letkuissa, vanupeittoihin käärittynä. Keveimmillään hän painoi 1140g.Annoin hänelle kauneimman nimen, mitä tiesin, Mikael.

Muistan, kun äitini soitti minulle sairaalaan ja kysyi, minkä kokoiset kädet vauvalla on, vastasin, että vauvan nyrkki on suunnilleen markan rahan kokoinen. Minut kotiutettiin viikon kuluttua leikkauksesta. Verenpaineet olivat aikamoiset 220/128. Sain lääkityksen.

Pikkuhiljaa Mikaelin paino alkoi nousta. Häntä ruokittiin sairaalassa aluksi ruiskulla. Kun painoa oli puolitoista kiloa, sain pestä hänet itse ja hän sai alkaa opetella imemään rintaa. Kahden viikon ikäisenä poika siirrettiin Alavan sairaalan lasten osastolle kasvamaan. Hän hengitti itse, eikä tarvinnut enää lisähappea.

Joka päivä olin hänen luonaan. Sain kotiin lypsykoneen, maidot vein sairaalaan, jossa ne annettiin pojalle, kun en ollut paikalla.

Eräällä kerralla, kun olin hänen luonaan, tuli lääkäri käymään. Hän sanoi, että saan viedä Mikaelin kotiin. Hän painoi silloin 1900g. Läksin hakemaan kotoa vauvan kantokopan ja kotiinlähtö vaatteet. Piti myös olla mukana joku, joka pitäisi vauvaa, minun piti ajaa autoa.

Silloin oli lämmin kesäpäivä juhannuksen jälkeen. Eipä meillä ollut ketään kotona. Mies oli pesisreissuillaan, lapset omilla menoillaan. Ei ollut kännyköitä, että olisi voinut soittaa. Uimarannalta löysin neljätoistavuotiaan tyttäreni. Hänen kanssaan haimme vauvan kotiin.

Ensimmäisinä viikkoinaan kotona poika vain söi ja nukkui. Aluksi hänellä oli kahdeksan ateriaa vuorokaudessa. Rautaa annettiin tippoina päivittäin ensimmäisen vuoden aikana. Pienimmätkin vauvan vaatteet olivat aluksi liian isoja hänelle.

Kehitys tapahtui normaalisti. Vuoden ikäisenä hän painoi vähän yli seitsemän kiloa. Hän osoittautui aika kerkeäväksi pikkupojaksi. Olipa hyvä näky, kun hän seitsenkiloisena taaperovaunua työntäen yritti lähteä maailmalle. Hän karkasi päivittäin pihastamme viereiselle pyörätielle, se oli vaarallista.

Saija siskosta, jonka sylissä Mikael vauva tuli kotiin, oli myöhemmin paras apu lapsen hoidossa. Isommat tytöt eivät siinä vaiheessa enää asuneet kotona.

Mikael otti ensimmäiset askelensa vuoden ja kuukauden ikäisenä. Syksyllä, kun jalat alkoivat kunnolla kantaa, hän seisoi takapihalla marjapensaan vieressä ja toisteli iloisena: Nam, nam ja pisteli marjoja suuhunsa.

Pojan myöhemmistä vaiheista olisi paljon kerrottavaa, mutta se on toinen juttu.

Karhunpalvelus

Kun vanhemmat hoitavat lastaan, he ajattelevat lapsen parasta. He haluavat, että lapsen elämä olisi helpompaa, kuin heidän elämänsä on ollut. Kun lapsi on pieni, vanhemmat tekevät kaiken hänen puolestaan. Ilman vanhempien huolenpitoa lapsi ei selviäisi. Kun lapsi kasvaa, pitäisi osata hellittää ja tukea lasta itsenäisyyteen oikealla tavalla. Se ei aina ole helppoa.

Esimerkiksi rajojen asettaminen lapselle voi olla vaikeaa. Ollessani töissä ryhmiksessä, jossa hoidettiin 12-19 lasta, sain nähdä monenlaista kasvatustyyliä. Yleensä vanhemmilla oli lastenkasvatuksesta oikeanlaiset ajatukset. He tukivat lastaan ikätasoisesti, oikealla lailla rajoittaen ja hyviä tapoja opettaen, itsenäisyyteen tukien.

Mutta toisenlaisiakin vanhempia oli.   Muistan isän ja äidin, joiden pienokainen oli kaksivuotias tullessaan hoitoon. Lapsen isä ilmoitti meille hoitajille, että "meidän Tytti" tietää itse, mitä tekee. Häntä el saa käskeä, eikä komentaa.

Lapsi oli erittäin vilkas, eikä hän ollut puheella ohjailtavissa. Oli vaikeaa saada hänen elämäänsä jonkunlaista järjestystä. Sitkeällä yhteen hiileen puhaltamisella siinä onnistuttiin, ainakin hoidossa ollessaan lapsi alkoi vähitellen käyttäytyä toivotulla tavalla.

Meille tuli myös hoitoon neljävuotias poika, joka oli vaipoissa. Hänelle ei ollut edes ostettu pikkuhousuja, kun lapsi ei niitä halunnut. Häntä ei ollut helppoa opettaa käymään vessassa, koska kuivaksi oppimisen herkkyyskausi oli ollut pari vuotta sitten. Vaipat otettiin heti pois. Pojalle ostettiin pikkuhousuja. Aluksi hän pidätti, pissat ja kakat tulivat housuun pojan nukahtaessa päiväunille.

Vessanpönttöön poika ei aluksi suostunut hoidossakaan pissaamaan, mutta hänen annettiin pissiä vessan lattiakaivoon. Siitä se lähti. Viimeisen vuoden aikana ennen esikoulua lapsi oppi tuon tärkeän taidon. Isä kiitteli meitä hoitajia vedet silmissä, kun hoitokausi päättyi.

Lasten kasvatuksessa on tärkeää positiivinen vaatiminen. Joskus tuntuisi helpommalta antaa vain periksi, ja toimia lapsen tahtomalla tavalla. Mutta silloin ei päästä toivottuun tulokseen, vaan tehdään karhunpalvelus lapselle. Jos vanhemmat eivät aseta lapselle rajoja pienissä asioissa, joutuu lapsi hakemaan niitä suuremmissa.

Kun vanhemmat ja ammattikasvattajat jaksavat olla johdonmukaisia lasta ohjatessaan, lapsi palkitsee heidät ennen pitkää turvautumalla aikuiseen, kertomalla omia asioitaan, tai vaikkapa iloisella hymyllä. Kun ohjat ovat aikuisen käsissä, lapsi tuntee olonsa turvalliseksi. Aikuinen ottaa vastuun, lapsi saa olla lapsi.

60-70-luvulla oli vallalla vapaan kasvatuksen tyyli. Se meni ehkä liiallisuuksiin. Hyvää tarkoittavat vanhemmat tekivät lapselleen karhunpalveluksen, kun eivät halunneet tai kyenneet asettamaan turvallisia rajoja lapsen käytökselle.

Lapsuudessani isä oli perheenpää. Periaatteena oli: Niin kauan, kuin jalat ovat isän pöydän alla, on lapsen tahto isän taskussa.

Erään lapsen elämästä

Työssäni perhepäivähoitajana on koskettavin ollut erään lapsen tapaus. Olin siirtynyt töihin erityisryhmään oltuani päiväkodin normaaliryhmässä kolme vuotta.

Työryhmässä oli erityisopettaja, lastentarhanopettaja, lastenhoitaja ja minä, perhepäivähoitaja. Lapsia oli yhdeksän kappaletta. Tarkkaavaisuushäiriö oli aika monella, kaksi oli lievästi kehitysvammaista, yksi lapsi oli adoptoitu perheeseen. Tähän ryhmään tuli uusi lapsi, poika, viisivuotias. Hänen äitinsä ei jaksanut pojan ja pikkuveljen kanssa. Lapsi oli aluksi kiltti ja kohtelias. Ihmettelimme hänen sijoitustaan erityisryhmään. Ei näyttänyt olevan vaikeuksia, tuskin tulisikaan, ajattelin. Erehdyin.

Muistan, kun piirtelimme lasten kanssa. "Pirjo, haluatko nähdä, millainen on Toyotan merkki?", poika kysyi. Hienosti hän osasi piirtää Toyotan merkin. Hän istui vierelläni, kun luin lapsille kirjaa, ja hän keskusteli mielellään aikuisten kanssa. Kun oli vanhempien ilta, hän seuraavana aamuna kyseli, että "miten meni vanhusten ilta?"

Kuukaudessa tilanne muuttui. Lapsi alkoi raapia, potkia ja lyödä ryhmän muita lapsia. Aikuisen mennessä rauhoittamaan, hän poukkasi päällään, niin että sattui tosi paljon. Hän ei sietänyt rajoituksia. Ruokailussa lautanen ruokineen lensi lattialle, ellei ruoka miellyttänyt. Aikuisen yrittäessä asettaa rajoja, eihän

hän voinut toisia satuttaa, hän uhkasi paloitella hoitajat ja laittaa pakastimeen. Kiinnipitotilanteisiin jouduttiin usein.

Meillä aikuisilla oli mustelmia, naarmuja ja mustia silmiä.

Hän ei tuntunut enää ollenkaan siltä ujolta pikkulapselta, jonka vaikutelman hänestä alussa sai.

Päiväkodin erityisryhmä toimi koulun yhteydessä. Järvi melkein näkyi pihalle. Metsäpolut lähtivät lasten ulkoilualueen vierestä. Terijoen salavat reunustivat polkuja. Muistan, kun ulkoilimme erityisryhmän lasten kanssa. Poika piti mielellään kiinni hoitajan kädestä.

Lapsen käytös muuttui myös päiväunien aikana. Nukahdettuaan lapsi heräsi hikisenä ja kuin muissa maailmoissa. Hän itki ahdistuneesti, eikä häntä ollut helppo saada rauhoittumaan. "Mikkään ei kiinnosta, en halua tehhä mittään, minun pittää nähhä, minun pittää tietää!" hän toisteli nyyhkien.

Yhtenä aamuna äidin sijasta isä toi hänet hoitoon. Äiti oli mennyt hammaslääkäriin, kertoi lapsi. Myöhemmin kuulimme, että isä oli lyönyt äidiltä etuhampaat irti.

Kun äiti toi lasta seuraavana aamuna, hän kertoi, että heillä oli vaikeaa kotona. Yritin sanoa, että teidän pitää saada apua.

Aikaa kului. Oltiin lähellä joulua. Perhe tuli pikkujouluun yhdessä. Lapsi ei uskaltanut osallistua ryhmän yhteiseen ohjelmaan. Näin, kun isä repi tossut hänen jalastaan vihaisena.

Lapsen asiat mietityttivät herätessä yölläkin, ja unet hävisivät.

Työryhmälle annettiin työnohjausta. Perheen asioissa oltiin yhteydessä lasten psykiatrian osastoon, mutta he eivät ottaneet huolta todesta, siltä ainakin tuntui. Sosiaalihuolto suunnitteli huostaanottoa, joka jonkun ajan päästä toteutuikin. Sosiaaliviranomaiset hakivat lapsen hoitopäivän aikana päiväkodista. Hänet sijoitettiin toisella paikkakunnalla olevaan sijaiskotiin.

Muistan varmasti aina tämän tapauksen, se kosketti koko työryhmää.

Lepohetkellä ja ryhmän arkea

Olen hoitoavustaja. Olen nukuttamassa lapsia erityisryhmän lepohuoneessa. Tämän pitäisi olla levollinen tuokio. Yritän olla tyyni.

Lapsi A on lievästi kehitysvammainen tyttö, toinen kaksosista. Iloinen, ihana tyttö. Nyt hän hinkkaa alapäätään nautinnollinen ilme kasvoillaan. Osaapas tuon.

Lapsi B on myös tyttö, siro kuin nukke. Niin vilkas ja eläväinen, etten ole ennen nähnyt. Hän heijaa itseään kiivaassa tahdissa, niin että pää paukkaa. Mitä kovempi vauhti, sitä nopeammin hän saa itsensä uneen. Kun asetan käden hänen selkänsä päälle, hän taukoaa hetkiseksi, mutta pian alkaa heijaaminen uudestaan.

Lapsi C on poika, joka hetken nukuttuaan herää ahdistuneeseen, sekavaan itkuun, josta häntä ei saa lohdutettua tuntikausiin. Pojan äiti oli kerran pahoinpidelty kotona. Äiti oli ensin sättinyt isää, niin että tämä menetti malttinsa. Ei se ollut ensimmäinen kerta.

Perheessä oli ollut monenlaisia ongelmia. Lapsi C ja pikkuveli olivat välillä sijaisperheessä, mutta palautettiin äidille myöhemmin. Vanhemmille oli tullut ero. Myöhemmin pojan ongelmat jatkuivat ja hän vietti aikoja lasten psykiatrisella osastolla. Pikkuveljellä oli myös aggressiivisuutta ja hän oli änkyttäjä.

Yhtenä vuonna ryhmään kuului älykäs poika, joka narutti toisia lapsia, minkä ennätti, ellei siihen pudututtu. Hän kertoi aikuisillekin uskomattomia tarinoita. Pojalla oli jotain ongelmaa ulostamisen kanssa. Voi sitä hajua lepohuoneessa, hän kaivoi sormin peräsuoltaan.

Ryhmään kuului myös koulunlykkäyslapsi, niin kiltti ja suloinen, "tynnyrissä kasvanut" poika. Hänen äitinsä oli ollut sairas, mutta hänen vointinsa oli parantunut viime aikoina. Poika sai joskus olla äitinsä luona. Äiti oli täysin pojan manipuloitavissa.

 Pojalla oli muistin ongelmia, eivät millään jääneet asiat mieleen. Hän oli innostunut tekemään värityskuvia tuntikausia. Hänen isänsä oli rauhallinen ja huumorintajuinen. Poika oli hoidossa koko hoitopaikan aukioloajan. Joskus hän villiintyi, ja käytös oli maanista, sitä oli vaikea saada katkeamaan.

Ryhmään kuului vielä pari tyttöä, toinen kuin villivarsa, kovaääninen, poikamainen, valloittava, toisaalta ikäänsä pienempi. Toinen unelias, omiin ajatuksiinsa unohtuva, muissa maailmoissa haaveileva kaksostyttö.

Vaikeita olivat lasten nukutushetket. Ei erityisopettajakaan saanut lapsia aina kunnolla rauhoittumaan. Kolmas vuosi meni minulla paremmin, sain otteen lapsista jo alkusyksystä, tiesin, miten pitää toimia.

Avustajan perustyöt olivat lähes samat, kuin muillakin ryhmän työntekijöillä. Mutta avustaja on aina avustaja. Se tuntui minusta välillä epäreilulta ja alentavalta. Joskus muut työntekijät, lastentarhanopettaja ja lastenhoitaja olivat oikein mukavia. En osaa sanoa, miksi he joskus näyttivät kuitenkin ylemmyyttään. Välillä tuntui, että oltiin ystäviä, mutta jokin siinä käyttäytymisessä tuntui pahalta.

Erityisopettaja oli aina reilu minua kohtaan. Hänen käytöksensä oli suoraa, eikä siinä ollut kaksinaamaisuutta.

Oli taito saada lapsiryhmä nukahtamaan. Joskus siinä onnistuttiin, yleensä ei. Levottomien lasten unikin oli rauhatonta, ja kesti vain tovin. Herääminen saattoi johtua toisista lapsista tai omasta tilanteesta. Myös hoitotilat olivat pienet ja paljeovien takaa kuuluivat kaikki äänet.

Kunpa me vanhemmat ymmärtäisimme, kuinka suuri merkitys meillä on lasten elämässä. Meillä ei voi olla mitään tärkeämpää, kuin lapsista huolehtiminen. Se suunta, minkä lapsillemme elämän ja elämisen malliksi annamme ja ne hyvät tavat ja tottumukset, voivat muuttua käyttäytymisen rakenteiksi ja suojata lasta koko elämän. Lapselle vanhemmat ovat maailman tärkeimmät ihmiset ja koko elämän perusta.

Kunpa lasten ei tarvitsisi nähdä eikä kokea väkivaltaa. Jotain menee rikki lapsen sisimmässä hänen joutuessaan kokemaan ja näkemään psyykkistä tai fyysistä väkivaltaa.

Rajojen asettaminen on tärkeää, lapsi palkitsee sen kyllä käyttäytymisellään. Aikuisen ei pidä luopua vallasta, se aiheuttaa lapselle turvattomuutta.

Ihanimmat palautteet olen saanut omilta lapsiltani. Muistan, kun 3-vuotias tyttäreni tuumasi:" On se tuo äitikii ihan kiva nukkuessaan!"

Kerran minulla oli auto täynnä pikkuväkeä. Kuulin takapenkillä istuvan kolme- ja puolivuotiaan Tommin sanovan: "Meillä on hyvä äiti, ei oo äkänen, eikä polta tupakkaa!"

Kuopukseni oli erityisen sanavalmis. Joskus pelasimme yhdessä Afrikan tähteä. Mikaelille sattui rosvo, joka vei kaikki rahat. "Senkin tullukka, se on tuhmaakin pahempi," hän karjui ja pelilauta lensi nurkkaan. Jos taas minulle sattui rosvo, hän lempeästi lohdutti: "Semmosta se elämä on, äiti!"

Joskus hän sanoi minulle: "Et oo hymyilly koko päivänä, näytät ihan noita-akalta!" ja kun sitten hymyilin ja otin pojan syliini, hän säteili: "Äiti, nyt oot prinsessaakin kauniimpi!"

Lapsia

Mies käveli edellä. Viisivuotiaan oli vaikea pysyä perässä. Isä oli hermostunut. Tupakka hampaissaan hän harppoi eteenpäin. Päiväkodissa ei pidetty, kun hän ajoi auton lähes ulko-ovelle. Nyt hän ei halunnut herättää ylimääräistä huomiota. Kun saisi vain pennun sisälle, ja pääsisi töihin lepuuttamaan hermojaan aamun jäkätyksen jälkeen.

Herkko oli nyt toista vuotta päiväkodin erityisryhmässä. Siihen kuului kymmenen lasta. Ryhmässä oli neljä työntekijää. Kaikki olivat kokeneita ja monenlaisia lapsia hoitaneita.

Aluksi Herkko oli kohtelias pieni poika. Hän ei häirinnyt ketään. Piirtely huvitti häntä, erityisesti hän piirteli hoitajan vierellä. Siitä oli turvallista tarkkailla, mitä ympärillä tapahtuu.

Herkolle haettiin paikkaa päiväkodista, koska äiti ei tullut toimeen hänen kanssaan.

Herkolle maistui ruoka. Mielellään hän laittoi paksun kerroksen voita leivälleen, kun hoitajien silmä vältti. Oli päiviä, jolloin ryhmän aikuisten piti voidella Herkon leipä.

Vähitellen pojan todellinen olemus alkoi paljastua. Hän oli kireä, ahdistunut ja hermostunut. Hän oli väkivaltainen ja arvaamaton kaikkia kohtaan. Kaiken olisi pitänyt sujua hänen mielensä mukaan. Hän ei sietänyt määräilyä eikä rajoituksia.

Olemattomista syistä hän oli kiinni toisten lasten kurkussa. Isä yritti livahtaa, kun sai lapsen sisälle. "Suukko, isä" pyytää poika ja roikkuu isässään, haluaa halata monta kertaa.

Markus oli kömpelö koulunlykkäyslapsi. Puheen kehitys oli jäänyt jälkeen. Puhe oli kyllä suhteellisen selvää, mutta lauseet yksinkertaisia. Erityisesti hän ärsytti Herkkoa. Markuksen perhe oli hajonnut.

Vain kahdella lapsella ryhmässä oli ehjä perhe. Markuksen äidillä vaihtuivat poikaystävät usein. Vanhempi isosisko pinnaili koulusta. Kuvioissa oli mukana poikaystävä. Siskolla ja Markuksella oli eri isä. Markus ikävöi omaa isäänsä ja yritti kaveerata äidin miesystävien kanssa.

Viikonloppuja hän vietti sijaisperheessä, jonne ei olisi useinkaan halunnut lähteä. "Ne pojat kiusaavat", valitti Markus.

Ei valituksista ollut apua, äiti ei niitä kuunnellut, ei halunnut tai ei oikeasti kuullut omilta asioiltaan. Äiti esitteli innoissaan jopa uuden napakorunsa päiväkodin työntekijöille, kuin olisi ollut tyttärensä ikäinen.

Välillä siskon piti hoitaa Markusta, kun äidin oli päästävä uuden miesystävän luokse Pohjois-Suomeen.

Päiväkodissa Markus kertoi, että sisko ei päästänyt häntä sisälle koko lauantaipäivänä. Poika oli käynyt syömässä kaverinsa luona ja norkoillut kerrostalojen pihoilla, kunnes äiti illan koittaessa tuli kotiin.

Äidin mielestä poika ei ollut koulukypsä, lykkäysvuosi oli paikallaan. Kooltaan hän oli nyt melkein seitsemänvuotiaana kolmasluokkalaisen kokoinen, kookas kuten äitinsäkin.

Markus oli verkkainen, laiskahko, hyväntahtoinen, mutta huumorintajuinen poika. Perheen kuopuksena hän oli ehkä tullut hemmotelluksi.

Olihan äidin mielestä helpompi tehdä lapsen puolesta, kuin nähdä vaivaa ja opettaa itse selviämään. Siskon ja äidin hakiessa häntä hoidosta, poika puetti itsensä, vaikka osasi sen taidon hyvinkin.

Mimmi oli vilkas, kuin elohopea. Tuo siro, pieni keijukainen oli lähes aina iloinen ja nauravainen. Hän oli pieni ja hento, ja yhtä aikaa joka paikassa. Jos jotain kysyttiin, Mimmi oli jo vastannut, ennen kuin kysyjä oli päässyt kysymyksensä loppuun. Hänen oli vaikea pysyä paikoillaan, eikä hän jaksanut pitkää aikaa keskittyä mihinkään. Mimmi oli viisivuotias.

Hän oli ollut Suomessa nyt kolme vuotta. Hänet oli adoptoitu perheeseen. Adoptiovanhemmat olivat lastaan rakastavia, hyvin toimeentulevia, korkeasti koulutettuja ihmisiä.

Kaiken avun he halusivat lapselleen ja sen myös ottivat. Mimmi oli älykäs tyttö, sitä ei tarkkaavaisuushäiriöstä huolimatta käynyt kiistäminen.

Sennin kanssa ei Mimmi paljoakaan tullut leikkineeksi. Tasoeroa oli niin paljon. Senni, tuo iloinen, ikäänsä nuoremman oloinen tyttö, toinen kaksosista, oli älyllisesti heikompitasoinen. Hänellä oli lievä kehitysvamma. Ryhmässä hän oli ollut neljän vuoden ikäisestä, nyt Senni oli jo kuusi. Ihana Senni tyttö. Niin iloinen, kuin aurinko olisi paistanut, kun hän oli paikalla.

Mutta osasi hän olla itsepäinenkin, kun niin sattui. Johonkin tiettyyn käyttäytymismalliin juuttuessaan, hän oli todella hankala. Joskus lepohuoneessa pelkän kikatuksenkin lopettaminen oli miltei mahdoton tehtävä.

Kirjojen kuuntelu oli Sennille mieluisaa, sen avulla hänen käyttäytymistään pystyi osittain ohjailemaan. Tytön kasvaessa älyllinen jälkeenjääneisyys tuli selvemmin esiin, kun toiset lapset kasvoivat ja kehittyivät.

Sennikin kasvoi vartaloltaan, hän oli iso tanakka tyttö. Syömisestä hän nautti valtavasti. Silmissä iloinen ilme, ne olivat vain hieman raollaan, kun tyttö lusikoi ruokaa suuhunsa. Hänelle maistui kaikki.

Syömisestä tehtiin sopimus, että se saataisiin pysymään kohtuudessa. Senni sai ottaa kaksi kertaa ruokaa, kohtuullisia annoksia. Viikonloppuisin Senni saattoi kuitenkin joutua olemaan vähällä ruualla, sillä yksinhuoltaja äidillä oli muuta tekemistä, kuin valmistaa ruokaa kaksostytöilleen.

Kolmas ryhmän tytöistä oli niin ikään kaksostyttö. Hän oli omissa maailmoissaan viihtyvä, hiljainen, pienikokoinen, Susanna. Hän teki kaiken pikkutarkasti ja hitaasti. Kaikki piti suorittaa äärimmäisen hyvin ja perusteellisesti.

Susanna piirsi mielellään ja viihtyi niissä puuhissa, vaikka kuinka kauan. Hän ei näyttänyt kuulevan, kun hänelle puhuttiin, oli kuin häneen ei olisi saanut kontaktia ollenkaan. Vielä tässä vaiheessa vanhemmat olivat yhdessä, myöhemmin heille tuli ero.

Susannan ei identtinen kaksoissisko oli normaaliryhmässä. Kooltaan hän oli paljon isompi ja topakka tyttö. Susanna oli ryhmän helppo lapsi. Vaikka vaikea oli saada häneen vauhtia, jos piti joutua äkkiä jonnekin.

Eki oli vaalea, hentorakenteinen poika, jonka isä oli hoitanut vauva-ajoista lähtien. Äiti oli sairaalassa. Välillä hänellä oli hyviä aikoja, ja hän oli alkanut silloin tällöin pitää Ekiä luonaan. Poika pyöritti äitiä mielensä mukaan.

Eki ihmetteli kaikkea. Äkkiä ajateltuna hänessä ei näyttänyt olevan mikään vialla. Hän oli sopuisa, söi hyvin, leikki kavereiden kanssa ilman suurempia riitoja.

Miten taitavasti ja siististi hän tekikään askarteluja ja väritystehtäviä. Mutta käyttäytymisessä oli myös toinen puoli. Jos vain Eki huomasi, että aikuinen epäröi hänen kanssaan, poika alkoi riehua, kuin vimmattu. Sitä oli vaikea katkaista. Lähes kaikki lapset lähtivät mukaan riehumaan. Paitsi Susanna, joka ei näyttänyt huomaavan mitään erityistä tapahtuneen ympärillään. Hän jatkoi piirtelyään omissa maailmoissaan, tai eläinleikkiään, tai vain istui haaveellisen näköisenä ajatuksissaan.

Ere poika tuli ryhmään muita myöhemmin. Hänelle piti löytää paikka, koska vuorohoitopäiväkoti oli vaikeuksissa hänen kanssaan. Ere oli yksinhuoltajaäidin kanssa elävä poika, joka isä liikkui huumepiireissä. Joskus poika oli mummolassa, jossa hän myös tapasi isäänsä. Eren oli vaikea pysyä paikoillaan. Tarkkaavaisuushäiriö hänellä oli ainakin. Pukeminen ei onnistunut lainkaan, koska poika ei pystynyt pysymään eteisessä vaatteiden luona vaan säntäili edestakaisin. Joskus sai hänet nopeasti valmiiksi, kun hän puki yksin toimistossa, ja sai vain vaatekappaleen kerrallaan.

 Kielenkäyttö oli jo viisivuotiaana uskomatonta. Kuten oli Jonnillakin. Myös hänellä oli tarkkaavaisuushäiriö, Tourette oireineen. Jonni nautti maalauksesta ja kädentöistä, hän oli hyväntuulinen ja nauravainen ja musikaalinen poika.

"Meidän pojasta ei kasvateta mitään uskonnollista ruikuttajaa!" oli isän mielipide, kun pojan kielenkäyttöä yritettiin siistiä.

Vielä oli jäljellä yksi ryhmän lapsista. Hän oli Teo. Älykäs poika, joka oppi lukemaan esikouluvuoden aikana. Vilkas ja eläväinen hän oli. Teo ei osannut pysyä totuudessa. Hän valehteli koko ajan ja yritti jekuttaa aikuisia ja lapsia.

Olin tällä kertaa ensimmäisenä ryhmän aikuisista paikalla. Lapsista ensin tuli Eki. Isä oli jo parkkipaikalla odottamassa, vaikka en ollut ollenkaan myöhässä. Tämä päivähoitoryhmä toimi pienessä tarkoitusta varten remontoidussa omakotitalossa keskellä kylää. Lähellä oli myös muita päivähoitoyksikköjä sekä koulu, jonka kanssa erityisesikouluryhmä teki yhteistyötä. Ryhmässä toimi myös nollaluokka, jossa opeteltiin koulutyöskentelyn alkeita.

Vaihdoin isän kanssa kuulumiset ovella, Eki siirtyi riisuutumaan naulakkopaikalleen. Hän esitteli innoissaan Hämähäkkimies paitaansa. Pörrötin hänen hiuksiaan." Oliko sinulla mukava viikonloppu? Mitäpä puuhailit?" "Katoin videoita ja isä teki mustikkapiirakkaa", vastasi poika ja kiepsahti syliini, koska muita ei ollut paikalla.

Jostakin syystä erityisesti tämä lapsi oli minulle läheisen tuntuinen. Hän oli vaalea ja muistutti olemukseltaan omia lapsiani.

Kun Tako seuraavana tuli hoitoon, ei Eki tullut syliini enää. Eikä Takokaan, vaikka kysyn hänen kuulumisensa ja yritän kopata hänet kainalooni. Pojan ilme enteilee kiukkua, niinpä otan kiireesti esiin pinon uusia väritystehtäviä ja molemmat pojat innostuvat niistä.

Sain aamun tehtävät hoidettua, keittelin kahvia ryhmälle ja mietin, mitä ohjelmaa meillä olisi. Tavanmukaista esikoulua tänään. Rutiinit ovat erityislapsille, kuten muillekin tärkeitä.

Tunti, jonka olen yksin vastuussa lapsista, kuluu nopeasti. Kun menemme aamupalalle, ryhmän lapset ovat kaikki saapuneet.

Aamupiirillä istumme ympyrässä. Aikuiset ovat sijoittuneina sopivasti lasten väliin. Istun Eren vieressä. Eikä tälläkään kerralla hänen istumisensa omalla paikalla onnistu. Otan hänet syliin.

On pidettävä lujasti, sillä poika rimpuilee, ja tekee ylävartalollaan edestakaista liikettä. "Senkin läski! Minä pien sinua läskinä!" hän selittää. Ei kai tunnu omasta mielestäänkään uskottavalta, olen alle kuusikymmentäkiloinen. Poika pysyy sylissäni, vihdoin hän hyväksyy tilanteen. Hän huutelee kuitenkin sopimattomuuksia koko ajan, niin että ope saa tilanteesta tarpeekseen. Muutaman varoituksen jälkeen pojan paikka on eteisen naulakkopaikalla.

Aamupiiri on lapsista mieluinen, vaikka levottomuus estää usein sen häiriöttömän sujumisen. Kun päästään tekemään päivän tehtävää, pääsee Erekin mukaan. Osa lapsista leikkii, käyvät sitten vuorollaan yksilöllisessä ohjauksessa.

Opettajat valvovat tehtävien tekoa, lastenhoitaja ja minä olemme leikkirauhan turvaajina ja pelikavereina tarpeen mukaan. Lapset eivät saa vaellella paikasta toiseen, vaan valitsemassaan toiminnassa on pysyttävä pitemmän aikaa.

On pakko rajoittaa lasten vaeltelua, sillä he ovat levottomia, Susannaa lukuun ottamatta. Susanna on ottanut ponileikin, muttei halua Senniä seuraansa. Senni valitsee kirjan, jota hän käy katselemaan. "Lue minulle", hän pyytää.

Sain haalittua viereeni pari muutakin lasta, Markuksen ja Jonnin. Katsottuani, ettei missään ole katastrofi uhkaamassa luemme Sennin valitseman kirjan.

Kun Tako oli tehnyt esikoulutehtävänsä, hän ei keksinyt mitään tekemistä. Hän häiritsi tökkimällä kirjaa kuuntelevia lapsia. Pyysi häntä mukaan, otin hänen syliini. On vaikea nähdä luettavaa tekstiä, kun sylissä on isokokoinen, melkein kuusivuotias pojan rohjake. En kuitenkaan antanut lasten huomata hankaluuttani.

Tako innostui Topin ja Tessun tarinasta. Sen jälkeen pojat ottivat pikkuautot ja automaton. Heille osoitettiin leikkipaikka toisesta huoneesta. Siellä ei ollut liikaa häiritseviä asioita, että leikillä olisi mahdollisuudet onnistua.

Myös Mimmi livahti heidän seuraansa.   Markus ja Jonni järjestelivät autoja ja jakoivat niitä sulassa sovussa. Lastenhoitaja nosti poikien leikkiin parkkitalon.

Kun jonkin ajan kuluttua katsoin huoneeseen, leikki oli loppunut ja kaikki lapset olivat huoneen nurkassa. Siinä oli iso lepotuoli, jossa päiväunivalvoja sai levätä unien aikaan. Levätäpä hyvinkin. Kyllä se oli täyttä työtä, saada nukkumaan nämä lapset. Yleensä siitä piti selvitä yksin.

Lapset olivat nyt kerääntyneet tuolin taakse. Oli ihan hiljaista. Otin viimeiset askeleet. Siellä seisoi Tako housut kintuissa, käsi piti kiinni pippelistä, joka oli selvästi erektiossa. Toiset lapset katsoivat, Lara näytti iloiselta, kuten aina. Tako veti kiireesti housut jalkaan minut huomatessaan.

Toiset katsoivat minua selvästi tietoisina, että olivat olleet kielletyissä hommissa. Kun en sanonut mitään, he palasivat kaikki autoleikkiin.

Kerroin ryhmän aikuisille havaintoni. Tilannetta päätettiin ensin seurata, muutoin vielä asiaan puuttumatta.

Ennen ruokailua pojat tavattiin uudestaan tuolin takaa, mutta aikuisen saapuminen huoneeseen pysäytti tilanteen etenemisen.

Useita viikkoja tilanne jatkui samankaltaisena. Joskus tuolin takaa tavattiin Tako ja Mimmi, joskus taas poikaporukka. Housut olivat joskus ylhäällä, joskus ne kiireesti vedettiin paikoilleen, kun aikuinen tuli paikalle.

Lapset ovat kiinnostuneita näistä asioista. Kerran olin töissä esikouluryhmässä. Lapset leikkivät usein parvella, joka kuului suureen leikkihuoneeseen.

Ryhmään kuului kiharatukkainen soma kuusivuotias tyttö, jonka mielileikki oli kotileikki. Hän riisui sukkahousut jalastaan ja ehdotti ryhmän pojalle, joka oli kotileikin isä." Hei, nyt se isä tulisi kotiin ja se nusaisisi tätä äitiä!" Kun hoitaja tuli parvelle mukaan, tuota käytöstä ei esiintynyt. Kai lapsi aavisti, ettei se ollut sopiva leikki.

Tuolla tytöllä oli lastensuojelutaustaa, perhe oli hajonnut, ja sosiaaliviranomaiset kuuluivat perheen arkeen.

Myös Takon perheen elämään liittyivät sosiaaliviranomaiset isän vaikeuksien myötä. Kuvioissa olivat päihteet, oli myös rikostaustaa. Tilanteiden hallitsemattomuus oli johtanut oikeudenkäynteihin.

Hänellä oli sakkorangaistuksia humalassa tehdyistä pahoinpitelyistä. Yhden joulun seudun hän oli viettänyt sairaalassa, kun nenäluu murtui käsirysyssä ravintolan pihalla kostean illan jälkeen.

Nykyään hän kävi töissä säännöllisesti. Hän oli ammattimies omalla alallaan. Hänen vaimonsa oli terveydenhuoltoalan ihmisiä, mutta työtön. Hän oli lasten kanssa kotona. Pojat olivat nyt viisi ja kolmevuotiaat. Väkivaltatilanteet tulivat isän pinnan pettäessä, kun hän ei ollut toiminut äidin mielen mukaan. Lasten asioistakin tuli erimielisyyttä.

Isä oli tiukempien rajojen kannalla, äidin mielestä piti olla sallivampi. Lapsetkin sen vaistosivat, ja käyttivät tilaisuutta hyväkseen surutta riehuen kuin viimeistä päivää, kun he olivat äidin kanssa keskenään.

Sitten tultiin tilanteeseen, ettei äiti enää jaksanut. Isommalle pojalle haettiin päiväkotipaikkaa. Äiti yrittäisi tulla toimeen pienemmän lapsen kanssa.

Muskarissakin oli vaikeuksia. Takon vieressä ei kukaan halunnut istua, sillä poika nipisteli toisia. Äiti toi pojan kyllä muskariin, saipahan olla hetken rauhassa.

Aamupäivän ulkoiluhetkelle joutuivat kaikki lapset. Ere sai itsensä viimeisenä valmiiksi, niin kuin yleensä. Onneksi meitä aikuisia oli kaksi valvomassa lapsia. Joskus joutui selviämään ulkovalvonnasta yksin. Kyllä sekin onnistui, piti vain ottaa heti tiukka ote.

Ulkoilualueemme oli yhteinen ala-asteen koulun kanssa. Aidatulla pihalla oli useita kiikkuja ja leikkivälineitä. Näköetäisyydellä välkkyi läheinen vesistö, jonka rannoilla toisinaan liikumme lasten kanssa. Olosuhteet olivat ihanteelliset lasten kanssa toimintaan. Talvella hiihtolatu lähti melkein ulko-ovelta, luistinrata näkyi ikkunasta. Luonto oli lähellä. Nyt oli kaunista, ruska parhaimmillaan. Rantaan istutetut Terijoen salavat muodostivat tiheitä reunuksia kävelyteiden varsille.

Talvisin rannoilla ja jäällä risteilivät eritasoiset ladut. Kävimme hiihtoretkillä läheisellä urheiluseuran nimissä olevalla majalla. Sen rannassa oli pidetty hiihtokilpailujakin. Joka syksyiset makkaranpaistohetket olivat lasten mielestä ihania. Kevätaurinko sulatti äkkiä lumet lähisaaresta, joka oli lasten suosittu leikkipaikka.

Pojat halusivat varastosta ulkoleikkivälineet. Nostin ulos pyykkikorin, jossa oli hiekka- autoja, lapioita ja sankkoja. Senni alkoi keittää leikkiruokaa iloinen ilme kasvoillaan. Poikien autoleikki ei päässyt heti alkuun, kun Ere halusi juuri saman kuorma-auton, kuin Tako.

"Hei, tuo oli minulla ensin, tuo hullu ei anna sitä!" huutaa hän.

"Haluatko, että potkaisen sinua munille, senkin älykääpiö, et kyllä ota tätä." Tako pitää tiukasti kiinni autosta, jota Ere kiskoo hänen käsistään.

Etsin lelulaatikosta lähes samanlaisen kippilavakuormurin. Se ei kelpaa. Pojat ovat nyt toistensa kimpussa. Ere on voimakas ja sitkeä tappelija. Tako on pullea, ja hän hengästyy helposti, mutta sisulla hän on kiinni Eressä, kunnes aikuisten pitää ottaa pojat erilleen väkisin. Tako puhkuu vihasta ja raivosta. "Teidän leikkiaikanne menee nyt ihan vähäksi, kun kulutatte sen tuollaiseen turhaan tappeluun. Onhan tuossa autoja jokaiselle. Tehkääpä taas se hieno silta", ehdotan.

Tako hyökkää vielä Eren päälle. Hän näyttää olevan itkuun purskahtamaisillaan. Kun ei onnistu leikki, niin ei onnistu.

Otan Takon erilleen ja pidän häntä aloillaan. Ulkovaatteet päällä se on vaikeaa. En puhu hetkeen mitään. Poukkoilevaa poikaa on pidettävä lujasti kiinni. On varottava päätä. En hermostu, olen vain läsnä. "Päästä irti, senkin hullu,", karjuu poika. Kun hän lopettaa vääntelehtimisen, ehdotan, että alkaisimme pelata jalkapalloa, voisin tulla peliin mukaan. Ei hän halua. Ymmärrän kyllä miksi. Pyöreän pojan liikkuminen on kömpelöä ja hän väsyy helposti.

"Entä, jos menisit kiikkumaan? " Se kelpaa. Hetken kuluttua Tako keinuu raivokkaasti kovimmalla vauhdilla, minkä itse saa otettua.

Sinulla on timantti

Yhdeksänkymmentäluvulla menin töihin päiväkotiin. Olin ollut kotona perhepäivähoitajana 19 vuotta. Kuopukseni, pienenä keskosena syntyneen pojan, silloin neljävuotiaan, katsottiin tarvitsevan päiväkotihoitoa kuntoutuksellisista syistä. Hänen hoitopaikkansa oli päiväkodin erityisryhmässä.

 Minusta tuntui hankalalta viedä oma lapsi päiväkotiin ja jäädä itse kotiin hoitamaan vieraita lapsia.

 Eräässä päiväkodissa haettiin avustajaa kuusivuotiaalle ADHD-pojalle. Minut valittiin siihen työhön.

Alussa ei ollut helppoa. Ikävöin omaa, pientä poikaani, olinhan joka päivä ollut hänen kanssaan. Minusta olivat päivät päiväkodissa pitkiä ja hankalia. Tuntui, ettei ollut mitään tekemistä. Olihan perhepäivähoitajalla aivan erilainen tilanne. Hänellä ei ollut vapaa-ajan ongelmaa. Hän vastasi yksin kaikesta työssään. Laittoi ruuat, hoiti lapset, leikki, askarteli ja ulkoili.

 En tiennyt, mitä minulta päiväkodissa odotettiin. Yritin kysellä, ei oikein tullut vastauksia.

Päättelin itse, että olen paljon avustettavani kanssa. Hän oli vilkas vekkuli. Käsinukeilla leikkimisestä hän piti. Toimintatuokiolla yritin häntä pitää mukana tekemässä sitä mitä ryhmässä muutkin. Muistan, kun oli jumppahetki, ja hän teki omia juttujaan. " Mittee sinä minua jahtoot?" tokaisi poika, kun en antanut hänen poiketa ryhmän ohjelmasta.

Joskus minulle annettiin mielestäni liikaa vastuuta yksin. Kun lastentarhan opettaja teki jotain ryhmän kanssa, häntä tukivat lastenhoitaja ja avustaja. Opettajan oli helppo toimia, lapset pysyivät aisoissaan. Kun minä vaikkapa luin koko ryhmälle, kun minut oli siihen osoitettu, sain selvitä yksin ja hillitä lapset. Ei tullut apua.

Ajattelin, että korkeammin koulutetut näyttivät ylemmyyttään. Olin töissä päiväkodissa kaikkiaan kuusi vuotta sillä erää. Siitä kolme vuotta olin erityisryhmässä. Opin toimimaan lasten kanssa, sain heidät jopa joskus paremmin nukahtamaan, kuin erityisopettaja.

Keväällä ensimmäisen päiväkoti työvuoden jälkeen oli kehityskeskustelu johtajan kanssa. Kerroin hänelle kokemukseni, miten olin joskus yksin joutunut selviämään ryhmän kanssa. Hän sanoi, että minuun oltiin oltu todella tyytyväisiä. Se oli ihanaa kuulla.

Lopuksi päiväkodin johtaja sanoi: "Sinulla on timantti, anna sen näkyä! Muistan aina nuo kannustavat sanat, mutta ajattelen, ettei päiväkodissa ollut ihan kunnossa uuden työntekijän perehdyttäminen. Myöhemmin siirryin töihin ryhmikseen. Meillä oli usein opiskelijoita, jotka suorittivat harjoitteluaan ja näyttöjään. Pidimme erityisesti huolta, että uusi ihminen sai tarpeellisen perehdytyksen työhönsä ja myös tukea ja hyväksynnän ryhmän työntekijänä.

Kissan synnytys

Näen valkoisen kissamme kulkevan huoneissa edestakaisin. Välillä se läähättää tuskaisena. Sen olisi pitänyt jo synnyttää, aika alkaa olla ohi. Silitän kissaa, se naukaisee ja katsoo minua huolestuneen näköisenä.

Soitan eläinlääkärille. "Nyt on vietävä kissa eläinlääkäriin! Sillä on hätä!" huikkaan miehelle, joka katsoo televisiota olohuoneessa. "Minä en kissojen synnytyksiin puutu!" on vastaus.

Mitenhän tämä nyt onnistuu, ajattelen. Minä en pysty ajamaan autoa, minulla oli muutama viikko sitten huimaushäiriö, neuronitis vestibularis, eikä tasapainoni vielä toimi kunnolla. Kenet nyt saan apuun?

Kissa kulkee edelleen levottomana, etsien sopivaa paikkaa. Yllättäen mies lupaakin lähteä ajamaan meidät autolla Kuopioon. Kissan lämmin turkki tuoksuu hyvälle. Tämä meidän valkoinen, kuuro kissamme tuli raskaaksi ollessaan kesällä narussa ulkoilemassa. Naapurin Karvinen, iso punainen kolli vieraili sen luona.

On meille ennenkin syntynyt kissanpentuja, mutta silloin synnytykset ovat sujuneet helposti, melkein huomaamatta.

Ovi kolahtaa, ja 11vuotias kuopus tulee koulusta. Ulkona on kaunis syksyinen päivä. "Lähde mukaan, viedään kissa eläinlääkärille", sanon pojalle. "Minä voin pitää kissaa", poika lausahtaa. Onhan se hänen rakas lemmikkinsä.

Olen huolissani. Kunpa kaikki menisi hyvin. Onneksi matka menee nopeasti. Mies jää parkkipaikalle autoon odottamaan. Poika kantaa kissan, ja minä pidän kiinni hänen käsivarrestaan, että pystyn kulkemaan suoraan.

Kissalla tehdään keisarinleikkaus. Yksi kirjava pentu on kuollut. Mutta kaksi on elävää, valkoista emonsa näköistä.

Kotona, kun emo alkaa herätä nukutuksesta, sen on vaikea ymmärtää, mitä on tapahtunut. Sehän on nukkunut pentujen syntymän ajan. Se ei ymmärrä, mitä ovat nuo pienet, kiusalliset mytyt. Emo hyppää uunille piiloon horjuvin askelin. Kerta toisensa jälkeen nostan emon pentujen luo.

Ensimmäisen yön joudun pitämään pentuja paitani alla lämpimässä. Seuraavana aamuna emo vihdoin hyväksyy ne lapsikseen, alkaa nuolla niitä ja antaa niiden imeä. Emo kehrää kuuluvasti. Poika nimittää pennut Urpoksi ja Turpoksi.

Huokaan helpotuksesta, kun kaikki on vihdoin hyvin kissaperheellä.

Kultarahat

Lauantaiaamu, lokakuussa. Syysloma alkoi. Lähdin ajamaan vanhempieni mökille Juonionlahteen. Mökki oli minulle tärkeä, sain sieltä aina virtaa ja voimaa. Oli pilvistä, mutta sinistä taivastakin näkyi välillä. Matkaa oli satakaksikymmentä kilometriä. Joskus olin ajanut sen noin tunnissa. Tällä kertaa ei ollut kiirettä. Tiellä oli vähän päästä nopeuskameroita. Olen saanut huomautuksia, sakkoja en koskaan.

Maata peitti lehtimatto

Ajoin Varkauden kautta. Leppävirralta olisi lähtenyt mökin suuntaan lyhyempi tie, mutta se oli mutkainen, eikä yhtään nopeampi. Kuuntelin radiota, matka ei tuntunut pitkälle. Kuopio, Oravikoski, Leppävirta, Varkaus. Vielä Joensuun tietä parikymmentäkilometriä ja niin olin perillä.

Avasin mökkitien portin avaimellani. Mukavaa tulla tänne taas.

Mökki oli niemessä, joka oli kolmelta suunnalta veden ympäröimä. Aurinko oli alkanut paistaa. Mökin ympärillä oli paljon koivuja ja joitakin haapoja. Auringon valossa puissa vielä olevat lehdet hehkuivat, kuin kultarahat. Maata peitti pudonneiden lehtien matto.

Veljeni oli ollut mökillä yön ja kamiinassa oli vielä hiillos. Lisäsin muutaman puun. Kun sisareni oli tullut, haravoimme tippuneita lehtiä useita tunteja. Joutsenet lensivät järven yllä kovaa ääntä pitäen, ilmoittivat varmaan muuttoaikeistaan. Tuuli humisi ja pudotteli lisää lehtiä. Iltaa kohti tyyntyi, järvi oli kuin peili, josta syksyn puut heijastuivat. Keräsin rannalta kunnolliset karvalaukut muovikassiin, veisin ne huomenna äidilleni Könönpeltoon.

Sisareni ei jäänyt mökille yöksi, vaan ajeli kotiinsa Varkauteen. Hän halusi nukkua yön omassa sängyssään. "Mökkisaunaa ei voita mikään", ajattelin, kun kömmin lauteille ja heitin ensimmäiset löylyt. Ihana lämpö levisi joka paikkaan. Istuin kauan lauteilla nauttien. Kun olin peseytynyt, harpoin mökkiin. Olipa pimeää. Vedin verhot ikkunoiden eteen, niin oli miellyttävämpi. Vaikka ei minua pelottanut. Olin tehnyt itselleni selväksi, että en aio ryhtyä pelkäämään ollenkaan.

Kamiinassa paistettu makkara tuoksui ja maistui hyvälle. Kävin vielä mökin terassilla pesemässä hampaani. Lisäsin puita kamiinaan. Ilma oli viilentynyt. Kääriydyin omaan täkkiini ja otin mukaan ottamani kirjan esiin.

Kun aamulla varhain heräsin ja kävin ulkona, näin että maassa oli kuuraa ja autoni ikkunat olivat riitteessä. Paljakkaveden päällä leijui sumua. Mökissä tuntui viileältä. Virittelin tulen kamiinaan. Onneksi veljeni oli kantanut terassille monta telineellistä polttopuita. Kamiina antoi nopeasti lämmintä ja pian mökissä leijui ihana kahvin tuoksu.

Haikeaa oli jättää mökki. Poikkesin matkalla Könönpellossa, vein sienet äidilleni ja sain mukaani kassillisen punakaneli omenoita. Ajelin kotiin Siilinjärvelle. Seuraavana päivänä poikani vaihtoi autooni talvirenkaat.

Pyöräilyllä

Tuntui viileältä, kun yhdeksän jälkeen aamulla lähden polkemaan. Pian minulla on kuitenkin ihan lämmin. Pyöräily on minun liikuntaharrastukseni. Kun jäin eläkkeelle, yritin käydä muutamia kertoja kuntosalilla. Minusta se oli turhaa ajanhukkaa, ei sopinut minulle.

Joki näyttää mustalta tämmöisenä pilvisenä loppusyksyn päivänä. Nyt ei tuule, Siilinlahti on peilityyni. Paljaat puut heijastuvat veteen järven rannoilta. Mukavaa on ajella rantatietä pitkin. Järvi näyttää joka päivä erilaiselta. Menen kanavatien kautta tyttäreni luo Kasurilaan. Koirapuiston luona minut haukutaan perusteellisesti.

Tytär ja vävy ovat leipomassa. Karjalanpiirakoita syntyy ammattilaisilta, kuin tehtaassa. Juttelemme hetken ja näytän tyttärelleni kuvaa uudesta sukkamallista, jonka olen aloittanut.

Lähden jatkamaan matkaa. Tuossa on Pirskasen talo. Se oli keltainen silloin 60-luvulla, nyt se on punainen. Siinä asui mummoni ystävä Lyyli Pirskanen kolmen poikansa kanssa.

Nuorin pojista oli Kalevi, joka oli Siilinjärven K-kaupassa töissä. Malviina-mummo mainitsi usein, että "Menis Pirjo naimisiin tuon Kalevin kanssa!" No, ei mennyt. En tykännyt hänestä yhtään. Joku Pirskasen pojista tai heidän lapsistaan asuu talossa yhä, koska postilaatikossa lukee Pirskanen.

Nyt olen jo Mantun kohdalla menossa. Tuttuja seutuja minulle. Tästä ajelin pyörällä tai kävelin 50-60-luvulla kouluun. Joskus pääsin Toivasen Hanneksen hevosen kyydissäkin.

Mantun yläpuolella oli lastenneuvolan rakennus. Lapsena kävin siellä, kun minun korviani piti huuhdella. Kun äiti käytti siellä pikkuveljeä, sain olla mukana. Kun odotin esikoistani, oli neuvola silloinkin vielä samassa paikassa. 1972 odottaessani toista lastani, neuvola oli jo muuttanut terveyskeskukseen.

Käyn kirjastossa moikkaamassa savonettiläisiä, koska on tiistai. Savonetin ohjausta digiasioissa senioreille on kirjastossa tiistaisin. Mukavaa oli nähdä iloisia savonettiläisiä.

Kirjaston pihalla tapaan entisten hoitolasteni äidin, opettajan, joka on luokkansa kanssa käynyt kirjastossa. Hän kertoo, että nuorempi hänen lapsistaan, Jesse poika, on jo yhdeksäsluokkalainen, ja käy mummolassaan siivoamassa viikkosiivouksen. Niin reipas poika on kasvanut pikku Jessestä, jonka oli vaikea sopeutua päivähoitoon ryhmiksessä. Nukutin hänet monta kertaa syliini, kun hän pienenä yksivuotiaana ei uskaltanut asettua nukkariin ison lapsijoukon mukana.

Käyn vielä Herkkupadan kirjahyllyllä, siihen saa tuoda ja siitä saa ottaa. Juttelen hetken ajan iäkkään mieshenkilön kanssa. Hänkin etsii kirjoja. Emme tällä kertaa kumpikaan löydä sopivaa luettavaa.

Pyöräilen Nilsiän tien kautta kotiin päin, kun tapaan entisen luokkatoverini Senjan. Hän on koiransa kanssa kävelyllä ja vaihdamme kuulumiset. Kotiin on matkaa enää parisataa metriä. Iltapäivällä uudestaan!

Haluan muistaa tuon hetken 2020

Juhannuksen seutuun pyöräilin uimaan seitsemän jälkeen aamulla, kuten yleensä muinakin helleaamuina. Olin sillä kertaa rannan ainoa uimari. Järvenpinta oli liikkumaton, oli ihan tyyntä. Vesi oli yhtä lämmintä, kuin ilma. Ei yhtään kirpaissut sinne meno.

Kun kelluin vedessä, kuulin lintujen aamusirkutuksen. Tuntui, kuin joku olisi koventanut ääniä. Lokit kaarsivat yläpuolellani. Pilvet heijastuivat veteen. Kuin aika olisi pysähtynyt! Haluan muistaa kauan tuon hetken. Heinäkuussa oli rantavedessä sinilevää, eikä uiminen siinä ollut suotavaa. Onneksi muita paikkoja löytyi.

 Kun eräänä aamuna ajelin postiin valkamatien kautta, loikki edelläni jonkun aikaa isokorvainen rusakko. Juuri, kun ajattelin kuvata sitä, se loikkasi pusikkoon. Postireissullani kävin uimassa Oikeakätisessä. Se on tuttu minulle jo kuusikymmentä-luvulta. Siellä on kirkas vesi, ja yleensä vesi on viileämpää, kuin muualla. Siellä pikkuveljeni Hannu, minusta kahdeksan vuotta nuorempi, oppi uimaan. Hypittiin suolammikoissa, kyllä meillä oli hauskaa! Hannu kulki meidän isompien mukana uimarannalla jo kaksivuotiaasta. Aina meistä isommista joku häntä vahti.

Ihmeellisesti vanhemmat antoivat vastuuta, ja se vastuu piti ottaa. Veli poika oppi uimaan neljävuotiaana. Tänä kesänä on ollut lämmintä. Vielä elokuussa olen voinut käydä uimassa.

Hellekesän järkyttävä asia ovat minun kohdallani olleet punkit. Yhden viikon aikana minulle tuli neljä punkkia, vaikka en tehnyt juuri mitään erityistä. Kukat tietysti piti ulkona kastella joka päivä, kun oli niin kuivaa. Yksi punkeista oli niin tiukassa, että piti käydä terveyskeskuksessa, en saanut sitä itse pois. Huomasin sen illalla nukkumaan mennessäni. Jouduin viettämään yön se karmea otus itsessäni. Onneksi minulla on voimassa oleva punkkirokote. Tällä kerralla punkit olivat "kilttejä", ei tullut borrelioosi-ihottumaa.

Heinäkuussa pyöräni varastettiin kotini ikkunan alta. Se oli törkeää, mutta osittain omaa syytäni, eihän pyörä silloin ollut lukossa. Onneksi löysin pyörän, matkamittari siitä oli tosin viety.

Kesä on lyhyt. Olet juuri aistinut, miten kaunis luonto on, sireenit ja tuomet ovat kukassaan, samoin pihlaja, niin melkein huomenna pihlajassa jo marjat punertavat ja pietaryrtit ovat ilmestyneet kukkimaan teiden varsille. Mielestäni ne ovat olleet aina merkki siitä, että alkaa olla loppukesä.

Kummallista, käki kukkui vielä heinäkuun 13.päivä. Olimme silloin suolla Juuassa ystävien kanssa lakkojen perässä juoksemassa. Elokuussa on satanut runsaasti. Näille seuduille ei mustikoita kuitenkaan saatu. Puolukan suhteen on toivoa.

Mukavia asioita kesän kuluessa ovat olleet pienimmän lapsenlapsen hoito- ja vierailuhetket. Pikkulapsi tuo olemuksellaan paljon iloa ja rakkautta ympärilleen. Tyttäreni kanssa kävimme muutamassa kesäteatteriesityksessä, ja olen myös nauttinut seurakunnan järjestämistä hautausmaakävelyistä, joille olen voinut osallistua yhtä lukuun ottamatta. Kiitos Kari Kolehmaiselle, joka niitä on upeasti vetänyt!

Nyt ovat jo yöt pimeät. Elokuun hämärinä iltoina muistuvat mieleen lapsuuden aikaiset kastematojen noukkimiset. Hiljaa hiivittiin taskulamppujen kanssa, madot pakenivat helposti maan alle. Isä oli iloinen, kun sai syöttejä pitkänsiimaansa.

Kohta luonnossa on ruska. Nautitaan siitä!

Joulun aikaa 2022

Kun olin lapsi, joulujen välillä oli pitkä aika. Ei sitä lapsi oikein ymmärtänyt, ajan kulua. Joulun aika katkaisi sopivasti pitkän, pimeän talven. Äitini oli taitava käsityöihminen, joulupaketeista löytyi vaatteita ja muuta tarpeellista. Patrusta tuli ennen joulua lähetys, jossa oli kankaita. Patru oli Suomen Puolustuslaitoksessa palvelleiden tuberkuloottisten avustamisyhdistys. Isälläni oli sadan prosentin invaliditeetti, hän liikkui kainalosauvoilla. Isän sotavammaeläkkeellä vanhempani veivät perhettä eteenpäin.

Lapsuuden jouluista on tullut malli omien joulujemme viettoon. Perinteet ovat siirtyneet myös lastemme perheisiin. Aina jotain muuttuu, mutta osa juhlanviettotavoista pysyy samoina sukupolvesta toiseen. Jouluksi äiti koristeli kotia havunoksilla, joihin oli sidottu punaisia kreppipaperikelloja. Kynttilöihin leikattiin paperisista lautasliinoista valkoiset, tuuheat mansetit. Radiosta kuului joulurauhan julistus Turusta. Koko päivän radiossa soitettiin joululauluja ja virsiä.

 Joskus Niilo Tarvajärvi kertoi Amerikan suomalaisten jouluterveisiä. Meilläkin oli sukulaisia Amerikoissa, isän veli oli muuttanut Minnesotaan 30-luvulla. Iltapäivällä tuli ohjelma ”Kuusta koristeltaessa.” Frans Eemil Sillanpää kertoi lapsuutensa jouluista. Kun meille ostettiin televisio, 60-luvun puolivälissä, muistan Kylli-tädin pitäneen jonkunlaista joulukalenteria lapsille.

Isä pystytti joulukuusen olohuoneeseen. Isä kiinnitti myös tähden paikoilleen. Hän sitoi kynttilät narulla kuusen oksiin. Sitten oli äidin ja meidän lasten vuoro. Koulussa oli tehty kuuseen koristenauhoja. Eri värisistä papereista leikattiin lenkkejä, jotka liimattiin toistensa jatkoiksi, niin että syntyi pitkä nauha. Kuuseen ripustettiin myös suklaakäpyjä, ja kuusenkaramelleja, jotka saimme syödä joulun jälkeen.

Äiti oli uudistanut meidän nuket, ne olivat saaneet uudet päät ja vaatteet ja ne ilmestyivät jouluaattona pukinkontista. Veljet saivat jonakin jouluna jopa legoja. Niistä pystyi rakentamaan talon, jossa oli ovi ja pari ikkunaa. Vähän vanhempina saimme lahjaksi suksia ja luistimia. Joulupukki kävi joka joulu, joskus meillä kävi useampikin pukki. Kakkospukki saattoi tuoda pussillisen appelsiinejä.

Sukkien ja lapasten neulomisen opin jo lapsena. Joinakin vuosina valmistimme koko syksyn lahjoja perheenjäsenille. Meillä oli koulukortteerissa muutamia kauempana asuvia lapsia, jotka kävivät Siilinjärven Yhteislyseota meiltä käsin. Yhdessä näiden tyttöjen kanssa neuloimme kilpaa. Minä teen vieläkin joululahjoiksi sukkia ja lapasia.

Joulu on lasten juhla. Heidän kauttaan saamme elää sen aina uudestaan. Lapset ovat meille lahja. Minä sain ihanan lahjan muutama viikko sitten. Pieni Leo-poika, nuorin lapsenlapsistamme, oli meillä käymässä. Kun Leo, yksi vuotta ja yhdeksän kuukautta, oli kotiin lähdössä ja siinä vilkuteltiin, hän tuumasi mummolle: " Inana! Lakas!" Mummolle tuli melkein kyyneleet silmiin.

Toivon vanhemmille voimia pienten lasten kanssa. Vanhemmuus ei ole aina helppoa. Varsinkin lasten sairastaessa vanhemmat joutuvat koville. Lapsi palkitsee kyllä aidolla olemuksellaan vanhempien vaivat.

Olemme saaneet oikean talven. Pakkasaamuna lumessa tuikkivat tuhannet timantit. Nautitaan tästä tunnelmallisesta ajasta! Ennen kuin huomaammekaan, olemme menossa kohti kevättä ja valoa! Hyvää joulua!

Toivo

Viime jouluaatto oli poikkeuksellinen. Maarit tyttäremme joutui sairaalaan kuumeen ja rintakipujen vuoksi. Maarit on aikaisempina vuosina tarjonnut jouluaterian suvulle sen jälkeen, kun anoppini kuoli vuonna 2002. Onneksi Maaritilla ei ollut flunssaa vakavampaa, ja hän pääsi seuraavana päivänä kotiin. Mutta jouluateriat valmistimme itse.

Kun olimme aattona juomassa torttukahveja pienellä porukalla, soi yllättäen ovikello. Siellä oli meidän esikoinen tyttärensä kanssa. Heillä oli mukanaan iso paketti. Ja mitä kummaa, se oli minulle!

Kyllä olin ihmeissäni. He halusivat, että avaisin paketin heti. Se oli kääritty kauniiseen joulupaperiin. Aavistanko oikein? Kun avaan laatikon, on sisältö vielä pehmeässä paperissa. Irrottelen sen ja näkyviin tulee pieni jalka ja sitten koko vauva!

Lapseni ja lapsenlapseni ovat halunneet ilahduttaa minua sairastuttuani ja ostaneet minulle kauan haaveilemani reborn nuken. Se on ihan minulle tehty, toiveitteni mukaan.

Nukke näyttää ihan oikealta vauvalta. Sillä on hennot, vaaleat hiukset ja oikeat silmäripset. Silmänurkassa on jotain kosteaa ja pieni näyttää nukkuvan. Nukke on puettu kauniisiin oikeisiin vauvan vaatteisiin. Sillä on tutti, joka pysyy magneetilla suussa, Tiedän, ettei nukke ole halpa. Siihen ovat osallistuneet kaikki viisi lastani ja lapsenlapsistani tytöt.

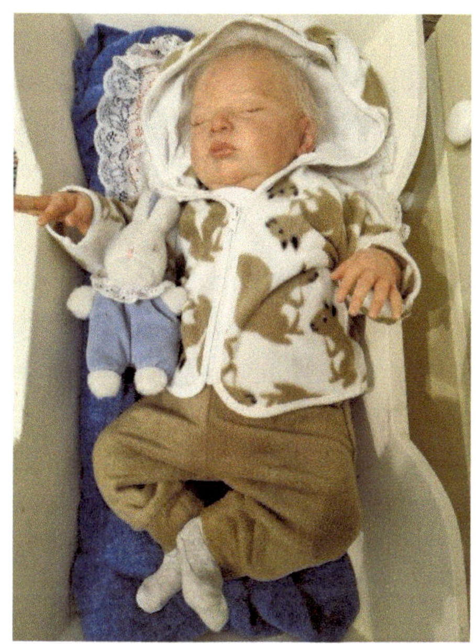

Pieni Toivo on kuin oikea vauva

Olipa joululahja, jota en osannut odottaa! Muutamaa päivää myöhemmin vauva saa kehdon. Annan vauvalle nimeksi Toivo, ja Toivolle ilmoittautuu kummitäti, ystäväni Liisa.

Kun jouluaattona katselen Toivo vauvaa, joka muistuttaa minun omia poikavauvojani ulkonäöltään, muistan toisenkin vauvanuken.

On toukokuinen aamu. Lähden pyörällä kouluun. Ilmassa tuoksuu kesä. Puissa on jo lehdet. Yöllä on satanut. Minulla on matkaa noin kolme kilometriä, Siilinjärven Hietarannasta yhteislyseolle. Olen neljätoistavuotias ja kolmannella luokalla oppikoulussa.

Meillä on ensin äidinkieltä, Ruotsia ja liikuntaa. Puolen päivän jälkeen on kolme tuntia käsitöitä. Käsityöluokka on koulun kolmannessa kerroksessa. Käsityönopettaja on pieni, nutturapäinen, mielestäni tosi vanha nainen. Häntä kutsutaan "mummoksi".

En ole erityisen hyvä käsitöissä, mutta nyt meillä on minulle mieluisa tehtävä. Teemme vauvanukkea. Opettaja on tilannut nukenpäät kaikille. Nukke on jo valmis. Sillä on kippurat vauvan jalat ja kädet. Vartalon osat on ommeltu koneella ja täytetty vanulla. Vaatteet, housut, nuttu ja paita ja kauларöyhelö ovat melkein valmiit. Muistaakseni ainakin nuttu ommeltiin käsin, siihen tuli pykäpistoja. Minun nukellani on vaaleansiniset vaatteet.

Opettaja sanoo, että valmiit nuket saa tänään viedä kotiin. Olen ihan ylpeä omastani. Nuket ja vauvat ovat mielestäni ihania. Vauvanukke seuraa minua, kun menen naimisiin. Se on tyttöjeni ensimmäinen nukke Irene mummon tekemän Humppa-mollamaijan lisäksi.

Nykyajan tytöt eivät taida paljon leikkiä nukeilla. Minä leikin vielä kolmetoistavuotiaana, enkä ole ihan kokonaan lopettanut koskaan. Keräilen nukkeja. Minulla on niitä noin 200 kappaletta. Teini-ikäisenä haaveilin, että löytäisin metsästä oikean vauvan ja ottaisin sen omakseni. En silloin löytänyt vauvaa, mutta myöhemmin "löysin" niitä viisi kappaletta.

Pelot

Kun olin lapsi, pelkäsin pimeää, tai ainakin sitä, minkä kuvittelin sieltä pimeästä käyvän kimppuuni. Huusireissulla piti juosta niin lujaa, kuin pääsi, ettei se paha, joka väijyi pimeässä, saavuttaisi. Ei se koskaan saavuttanutkaan, viime hetkellä pääsimme kotirappusille, jossa ulkovalot paloivat. Silloin olimme turvassa, siskoni tai veljeni ja minä.

Isäni ja äitini kalastivat ja liikkuivat vesillä. Joskus kun oli myrsky, pelkäsin, että vene kaatuisi ja he hukkuisivat. Onneksi he pääsivät aina turvallisesti rantaan. Joskus pelkäsin, että syttyisi tulipalo, ja koti palaisi. Olin vanhin neljästä lapsesta. Minulla oli suunnitelma, pelastaisin pikkuveljen ja hänen vaatteensa ja vaippansa. Tämäkään pelko ei toteutunut.

Kun omat lapseni syntyivät, pelkäsin, että heille tapahtuisi jotain pahaa. Joskus näin painajaisunta, että esikoiseni muuttui nukeksi. Helpotus oli suunnaton, kun heräsin ja huomasin, että hän on edelleen elävä lapsi. Huoli lasteni puolesta on minulla edelleen. Varmasti elämäni loppuun asti se seuraa minua.

Muita pelkoja minulla ei ole. Vietin usein yksin aikaa vanhempieni mökillä vuosia sitten. Minulta kysyttiin, eikö siellä yksin pelota. Kyllähän siellä kuului outoja ääniä metsästä, risahduksia ja pauketta. Päätin mielessäni, että koska mökki on minulle niin tärkeä ja tykkään siellä olla, niin en kerta kaikkiaan aio pelätä siellä ollenkaan. Päätös piti, aina minun oli hyvä olla siellä, niin kauan, kuin mökkielämä oli mahdollista.

Sairastuin ärhäkkään rintasyöpään viime toukokuussa. En pelkää kuolemaa. Mutta olisin halunnut seurata ja tukea lasteni ja lastenlasteni elämää vielä kauan. Meidän elämämme ei kuitenkaan ole meidän käsissämme, siihen pitää tyytyä, mitä meille on määrätty. Lohtua antaa ajatus, että siellä tuonpuoleisessa ehkä tapaisimme rakkaat jo edesmenneet omaisemme.

Mielimaisemia

Pyöräilen päivittäin Siilinlahden rantatietä. Harvoin pääsen järvinäkymän ohi pysähtymättä ottamaan valokuvia. Tuo järvi on kuulunut elämääni koko ajan. Lapsuudenkotini oli vastarannalla. Muistan onkiretket isän kanssa Kiekonniemen edessä olevalle luodolle. Joskus olin uimapuvussa. Lämpimän kesäillan viiletessä tuli kylmä. Isä antoi päältään nahkatakin ylleni.

Lämpiminä kesäpäivinä äitini käytti meitä lapsia uimassa helteellä montaa kertaa päivässä. Kun kasvoimme, saimme itse liikkua veneellä. Yövyimme Kiekonniemessä teltassa, ongimme kaloja, siivosimme ne, ja paistoimme nuotiossa. Oli ihana herätä aamulla auringon lämmittäessä telttaa.

Yläkerran ikkunasta näkyi kauas järven selälle. Joskus aallot vyöryivät vaahtopäinä. Isä ja äiti olivat verkkoja kokemassa. Olin vanhimpana vastuussa pienemmistä sisaruksistani sillä aikaa. Kuljin ikkunasta toiseen ja pelkäsin. Vanhempien venettä ei näkynyt. He olivat joutuneet kiertämään Siilinlahden rantoja pitkin päästäkseen omaan venesatamaan.

Talvisin hiihdimme vastarannan kallioille. Sytytimme nuotion ja paistoimme näkkileipää ja omenia tikun nenässä.

Kotini lähellä oli myös Oikeakätisen lampi. Sitä ympäröivät suoalueet. Suolla kasvoi niittyvilloja, jotka olivat kuin pumpulia. Suopursut tuoksuivat huumaavasti. Tunnelma oli rauhallinen, mutta myös vähän pelottava. Kerrottiin kokonaisen lehmän uponneen suohon.

Lammen vesi oli kirkasta. Makasimme joskus laiturilla tuijottamassa ahvenia. Ne eivät tarttuneet onkeen normaalisti onkimalla. Koukun piti maata pohjassa, silloin ahven saattoi sen nielaista. Joskus hypimme uimaan suolammikkoon. Pikkuvelikin oli mukana, hän oli oppinut juuri uimaan, neljävuotiaana. Lokakuussa, kun lampi jäätyi, kiidimme luistimilla sitä pitkin.

Pieni Sulkavanjärvi heinäkuussa
2024

Kun moottoritie rakennettiin, osa lammesta ja puolet suoalueesta jäi tien alle. Poissa ovat suon reunan varmat kantarellipaikat, eikä sieltä enää löydy karpaloitakaan.

Nykyisin käymme Rautavaaran soilla etsimässä lakkoja. Tänä kesänä näin siellä puolimetrisen kyyn. Sanoin sille, että odota hetki, otan kuvan. Ei se kuunnellut vaan katosi koloonsa.

 Suot ovat tärkeitä, koska ne toimivat hiilinieluina ja hidastavat ilmastonmuutosta. Ilmastonmuutoksen torjuminen on tärkeää, etteivät ääri-ilmiöt lisääntyisi, vaan tulevat sukupolvetkin saisivat nauttia neljästä vuodenajastamme. Järvet ja suot ovat upea osa Suomen luontoa.

Järvi on minun mielimaisemani. Kun saimme käyttää vanhempieni kesämökkiä vuosia sitten, olin paljon yksinkin mökillä. Valokuvasin lähes koko ajan. Maisema vaihtui jatkuvasti. Onneks olen syntynyt tänne järvi-Suomeen. Pohjanmaalla maisemat näyttävät ihan erilaisilta.

Laukut on pakattu 2019

Äitini sai elää pitkän elämän. Hän syntyi keskosena vanhempiensa ensimmäiseksi lapseksi vuonna 1925 ja kuoli 94-vuotiaana vuonna 2019. Hänen viimeisinä vuosinaan puhuimme lähes joka päivä puhelimessa. Joskus äiti oli vaativakin. Jos soittoa ei joku päivä alkanut kuulua, hän tuohtuneena kyseli, että mikäs nyt on, kun ei mitään kuulu.

Hän ymmärsi ja tuki minua. Äidiltä voin kysyä neuvoa mihin asiaan tahansa. Hän johdatti minut kirjojen maailmaan jo lapsena ja käsitöiden maailmaan vähän myöhemmin. Hän oli myös mestari ruuanlaitossa. Vaikeuksien kohdatessa äitini loi toivoa, hänen elämänohjeensa oli "Katsotaanhan huomiseen!"

Äitini Irene ja isäni Reino tapasivat Kuopion torilla. Äitini oli vähän aikaa sitten menettänyt molemmat vanhempansa. Irene ja Reino menivät naimisiin. Seuraavana vuonna minä synnyin. Muutamaa kuukautta ennen kuolemaansa isäni kertoi lääkärin kysyneen häneltä, että rakastatko vaimoasi. Rakastan vaimoani ja lapsiani, kertoi isäni vastanneensa. Kun isäni kuoli vuonna 2014, se oli äidilleni hyvin vaikeaa. Ensimmäinen vuosi isän kuoleman jälkeen meni kuin sumussa.

Äidin viimeisen juhannuksen vietimme yhdessä mökillä, me tytöt: äiti, siskoni Marja, tyttärentyttäreni Roosa ja minä. Meillä oli mukavaa. Syötiin herkkuja, juteltiin, Marja laittoi äidille kampauksen, kynnetkin lakattiin. Pelattiin hauskaa peliä, visuaalista viestintää, äiti oli siinä ihan paras. Vatsat kippurassa naurettiin, kun meillä oli niin hauskaa.

Viimeisenä vuotenaan joulun jälkeen äidin kunto romahti ja hän joutui sairaalaan. Kun kävin hänen luonaan, hän jaksoi vaihtelevasti puhua vanhoista asioista. Aina hän kuitenkin kysyi, miten lapset jaksavat. Erityisesti hän mainitsi kaikkein pienimmät lapsenlapset, hän muisti myös viidettä polvea. Hän lähetti kaikille rakkaita terveisiä. Äitini muistutti usein, että olkaa sovinnossa!

Eräänä päivänä äidin ollessa sairaalassa, puhuin muutaman sanan hänen kanssaan puhelimessa veljeni avustuksella. Äiti sanoi lähtevänsä matkalle, että laukut on jo pakattu. Sanoi menevänsä entiseen kotiin. Toivotin hyvää matkaa. Tiesin, ettei aikaa ole enää paljon.

Sain vielä kerran tavata hänet. Kun menin, hän oli unessa. Otin varovaisesti kädestä kiinni. Äiti avasi silmänsä, ja sanoi: ”Sinäkö tulit! ” Äiti oli rauhallinen. Hän puhui paljon, mutta en saanut kaikesta selvää, koska ylähampaat eivät olleet hänellä suussa. Äiti kertoi olleensa aamulla metsässä marjoja katselemassa, kun siellä on niin mukavaa, vaikkei mitään löytyisikään.

Äiti muisteli meidän lapsuutta ja sanoi, ettei aina ollut rahaa, kun lapset olisivat jotain tarvinneet. Lasten koulutukseenkaan ei rahaa riittänyt. Vakuutin, että olen saanut tehdä työtä, josta kaikkein eniten pidän, hoitaa lapsia. ”No hyvä, jos niin on”, sanoi äitini. Hän sanoi, että hänestä tuntui eilen illalla, että hän kuolee nyt, mutta ei kuollut. Annoin äidille vettä ja laitoin huulirasvaa.

Äiti kertoi, että kun lapset olivat pieniä, hän katseli niitä niiden nukkuessa ja mietti, että mitähän ne ajattelevat. Ihana muisto. Kun lähdin pois, halasin, ja sanoin että tulen taas uudestaan. Äiti sanoi, että toivotaan niin. Hän käski ajaa varovasti. Äiti rakas...

Äiti on poissa, mutta rakkaat muistot ovat jäljellä. Äitini menetti omat vanhempansa ollessaan 18-vuotias. Minä olen ollut onnentyttö, kun sain pitää äitini niin kauan. Nyt äidin kuolemasta on viisi vuotta. Usein tulee vieläkin mieleeni, että soittaisin äidille, olisi niin paljon asiaa!

Karvahattujako? 2022

Syyskuun ensimmäisen päivän aamuna lähdimme poikani Mikaelin kanssa etsimään kantarelleja Kuuslahdesta, siitä tutusta paikasta, josta viime kesänä kävin ainakin neljä kertaa hakemassa kastiketta varten kantarellit.

 Kuljettiin metsää ristiin rastiin. Löysin pari huonoksi mennyttä keltavahveroa, kantarellia. Tatteja oli siellä täällä ja karvalaukkuja oli tosi paljon. Pojalle ei ole paljon tietoa sienistä, mutta hän oli kiinnostunut oppimaan. Ei minunkaan tietämys suuri ole, mutta jo lapsuudestani muistan tuon karvalaukun, niitä kerättiin äidille ja isälle. Karvalaukut olivat tosi söpöjä, varsinkin ne pienimmät, pikkusormen kokoiset. "Oliko nämä niitä karvahattuja? ", muisteli poika.

Onneksi puhelin oli mukana. Katsoin netistä, miten karvalaukkuja valmistetaan ruuaksi. Niitä piti ensin keittää 10 minuuttia, sitten huuhtoa vielä. Sen jälkeen niistä voi tehdä kastlkkeen. Eihän tuo kovin monimutkaiselta kuulostanut. "Eikös niistä voisi kokeilla tehdä ruokaa! "ehdotti poika. "Kun ei niitä kantarellejakaan löydy!"

Päätimme sitten kerätä niitä. Olisimme helposti saaneet muovikassit täyteen, mutta kun ei ollut tietoa, mille ne maistuvat, niin tyydyimme keräämään vai puoli kassillista kumpikin.

"Minä ajattelin, että haluaisin opetella itse tekemään niistä ruokaa", sanoi poika. Niin sitten tehtiinkin, yhdessä.

Kotimatkalla poika löysi punkin kädestään ja halusi mennä ensin suihkuun, kun tulimme meille. Minä aloitin jo sienien puhdistuksen, poika tuli mukaan työhön käytyään pikaisesti suihkuttelemassa mahdolliset punkit itsestään.

Huuhdotut karvalaukut pienittiin ja laitettiin kattilaan kiehumaan. Niiden kiehuessa poika kuori ja pilkkoi sipulit. Kun sienet olivat kiehuneet 10 minuuttia, kaadoin ne lävikön läpi ja huuhtelin kylmällä vedellä. Sen jälkeen pilkoimme ne pojan kanssa ja paistoimme niitä pannulla voissa sipulin kanssa, kunnes sipulit olivat kuullottuneet.

Sitten lisäsin kolme ruokalusikallista vehnäjauhoja sienien ja sipuleiden joukkoon, niitä hämmennellen. Lisäsin suolaa. Kaadoin vettä paistokseen ja lisäsin reilusti kermaa. Kaadoimme seoksen kattilaan, kun se alkoi kiehua. Olin välillä huuhtonut perunat kiehumaan. Kun ne kypsyivät, oli ruokamme valmis.

Isäkin joutui parahiksi syömään. Meillä oli lisäksi tarjolla Tommi-poikamme Kuusamon reissulta tuomaa paholaisenhilloa, kuusenkerkistä valmistettua metsästäjän hyytelöä, punajuuria, vesimelonia ja päärynän paloja. Kylläpä oli hyvää! Kastike maistui niin pehmeällä ja makoisalle, että jouduimme jokainen ottamaan sitä lisää.

Aion käyttää tästä lähtien karvalaukkuja, en tiennyt, että ne ovat niin hyviä!

Keuli 2024

Pyöräily talvella on oma lajinsa. Pyöräni on ainakin 15 vuotta vanha perus mummonpyörä. Ei ole vaihteita, mutta kulkee sujuvasti polkemalla eteenpäin. En halua vaihdepyörää, minulla on sellainen ollut ja vaihteet olivat jatkuvasti epäkunnossa. Ei pyörässäni ole talvirenkaitakaan, mutta hyvin olen sen kanssa toimeen tullut talvellakin. Ajan varovasti.

Kun lähden pakkasella pyöräilemään, pitää olla hyvin päällä. Toppahousut jalkaan ja putkihuivi poskia suojaamaan hatun alle. Käteen kintaat ja rukkaset.   Nyt on pakkasaamu. Mittari näyttää 16 astetta.

 Hyppään pyöräni selkään kotipihasta. Hengitys huuruaa, kun poljen eteenpäin. Pian olen joen varressa, poskia nipistää. Minun on lämmitettävä naamaa paljaalla kädellä. Se auttaa. Joki on jäässä vain reunoiltaan. Huurteiset, lumiset puut kumartuvat joen ylle, ja heijastuvat veden pinnalta. Vesi näyttää mustalta.

 On aamu, vielä vähän hämärtää. Yöllä on satanut lunta. Pyörän eturenkaasta suihkuaa valkoista vitiä polkiessani eteenpäin. Rantatiellä on pakko pysähtyä. Taivaanrannalla näkyy oranssia ja kuin tilauksesta kultainen pallo on nousemassa.

Otan muutaman valokuvan. Järvi on valkoisen jääkannen peitossa. Kun auringon valo lisääntyy ja leviää, kaikkialla tuikkii lumitimantteja.

Kun työnnän pyörääni rantatien ylämäkeä. Tuntuu tukalalta. On pakko olla vähän aikaa avokäsin. Vedän rukkaset takaisin, kun olen mäen päällä. Katson ihastuneena takanani avautuvaa maisemaa. Aurinko on nyt kokonaan näkyvissä ja taivas hehkuu kultaisena.

Matka kauppaan on melkein pelkästään ylämäkeä. Kuumissani riisun kypärän kaupan edessä. Aukaisen takkini ja käyn hakemassa ostokset. Ahmin lakupatukan.

Nyt vielä pyöräily takaisin kotiin. Alkaa tuiskuttaa. Lunta rätkii naamaan. Se pistelee ja tuntuu inhottavalta. Eteenpäin on mentävä sisulla. Tikka naputtaa puhelinpylvääseen. Koivun latvassa variksilla on kokous. Yksi lintu kommentoi äänekkäästi.

Kun tulen koulun kohdalle, tien täyttävät lapset. "Keuli!" huutaa pieni poika. Minua naurattaa! Joskus koululaiset ovat huutaneet minulle painokkaasti: "Kypärä!" Ihan oikein, silloin minulla ei ollut kypärää, en edes omistanut. Kun sitten pyörän eturenkaasta kerran katkesi pinna, ja tökkäsi minua jalkaan, niin että kaaduin pyörällä, ostin kypärän, ja olen siitä asti sitä käyttänyt. Eikä se ole yhtään hankala, lämmittääkin.

Kotipihassa lukitsen pyöräni. Onpa mukavaa, kun lenkki on tehty. Huomenna uudestaan!

Nuorena oli helppo nukkua. Ei tarvinnut yöllä käydä vessassakaan. Nyt kun olen yli seitsemänkymmentävuotias, ovat yöt välillä ihan omaa luokkaansa.

Uneton

Päivällä ei kannattaisi antaa unelle valtaa. Aina ei vain voi mitään sille, että kerta kaikkiaan simahtaa. Eihän sitä kunnon unta sitten yöksi riitä.

Toissa yö meni ihmeen hyvin. Ajattelin illalla kahdeksan aikaan, että katson televisiota vain hetkisen pötkölläni. Heräsin puolen tunnin päästä. Sitten oli vaikea nukahtaa yöunille. Olin kuitenkin nopeasti päässyt uneen kymmenen jälkeen, enkä yölläkään valvonut muistettavia aikoja.

Joskus, kun olen ottanut kunnon päikkärit, ehkä tunnin verran, nukahdan normaalisti, mutta saatan herätä jo yhdeltätoista. Jään valvomaan käytyäni vessassa. Kuuntelen Ylen puheradiota. Jotain "Podkasteja". Tiedänhän minä, että ne ovat puheohjelmia. Minua ärsyttää, ettei voida käyttää suomalaisia sanoja.

Viime yö meni melkein kokonaan pieleen illan muutamaa unituntia lukuun ottamatta. Kävin vessassa yhdeltä. Pyörin hikisenä sängyssä. Avasin ikkunan. Ulkona oli syysmyrsky. Aukaisin radion. Kuuntelin Antti Kurosen raportin Ukrainan tilanteesta. Antti käytti paljon "niinku" sanaa. Eipä sillä väliä. Kuuntelin myös ohjelman Saudi Arabian historiasta. Järkyttävää, että naiset tarvitsevat holhoojan luvan mennessään ulos. Suljin radion. Ulkona tuuli, suljin myös ikkunan. Huomasin, että jälsipolun suunnasta loikki iso rusakko. Se pysähtyi tien varteen syömään ruohoa.

Otin kirjan. Sain luettua pari kappaletta Elina Sanan kirjasta "Isän sota". Kävin vessassa. Yritin taas nukahtaa.

Puoli neljältä kävin syömässä banaanin. Heräsin puoli kuusi. Olin minä nukkunut, koska näin untakin. Toivottavasti seuraava yö on parempi. Unen määrällä ja laadulla on iso merkitys ihmisen voimiin ja siihen, miten menee seuraava päivä. Kun nukkuu hyvin, on kuin uudesti syntynyt ja jaksaa uskomattoman paljon.

Pieni poika

Pesin ja silitin perinnekastekoltun, jonka äitini uudisti, kun meidän esikoinen, Satu syntyi. Siinä on kastettu minut ja sisarukseni, sekä melkein kaikki suvun vauvat. Vaihdoin kastekolttuun vaaleanpunaisten rusettien tilalle vaaleansiniset silkkinauhat. Edellisistä ristiäisistä, kun Viivi kastettiin, on jo melkein yhdeksän vuotta. Nyt kastemekolle oli taas käyttöä!

Mieleeni tuli elävästi se aika, kun ensimmäinen poikamme syntyi ja kastettiin.

 Oli tammikuu 1981, perjantai, laskettu aika alkoi olla käsillä. Ihan hyvin sujuivat siivoukset, vaikka jo aamusta oli enteitä synnytyksen lähestymisestä. Silloin oli kova lumituisku koko päivän. Meillä oli talonmiesvuoro rivitalossa, jossa asuimme. Mies joutui tekemään lumityöt kolme kertaa sen päivän aikana.

Illalla haettiin Hilkka-mummo tyttöjen luo. Oli lähdettävä sairaalaan. Potra poika syntyi yöllä klo 1.42. Hän painoi 3550gr ja oli 51 cm pitkä. Oli aika tiukassa, olihan väliä edelliseen kuusi vuotta.

Ei meitä pitkään pidetty sairaalassa synnytyksen jälkeen, muistaakseni kolme päivää. Lapsi oppi helposti syömään. Kun tulimme kotiin, mies oli leiponut korvapuusteja ja ostanut täytekakun. Saatiin poika, kolmen tytön jälkeen.

Ristiäiset olivat kotona Myyränpolulla 22.2.1981. Tommi Anteron kastoi Yrjö Jokiranta. Isot siskot, Satu 10v. Maarit 8v. ja

Saija 5v. lauloivat kastejuhlassa laulun "Jumalan kämmenellä".
Kaikki meidän lapset on kastettu kotona.

Nyt noista tapahtumista on jo neljäkymmentä vuotta. Pojasta
ja hänen vaimostaan tuli vanhemmat, kun heille syntyi
maaliskuussa pieni poika.

Lauantaina 22.5.21 vietimme tämän pojan kastejuhlaa
Siilinjärven seurakuntatalolla. Kappalainen Teemu Voutilainen
kastoi lapsen. Korona-ajan vuoksi pappi ei nyt tullut lapsen
kotiin.

Seurakunta antoi tilat ilmaiseksi käyttöön ristiäisiä varten.
Seurakuntatalon päätysali oli sopivan kokoinen, voitiin pitää
turvavälit koronan vuoksi. Meitä oli koolla noin kaksikymmentä
henkeä. Aluksi lauloimme vanhempien valitseman virren 503,
"Taivaan isä suojan antaa, hän on isä jokaisen.

 Lapsi sai nimekseen Leo Otto Eemeli. Serkkutyttö Viivi,
melkein yhdeksän vuotta, kuivasi vauvan pään kasteen jälkeen.

Kappalainen Teemu Voutilainen puhui kauniisti. "Tämän
ikäisellä vauvalla on vielä jäljellä tarttumarefleksi. Kun hänelle
antaa sormen, hän tarttuu siitä vahvalla otteella kiinni. Se voisi
tarkoittaa: Älä päästä irti. En pärjää yksin." Juuri näinhän se on.
Pikkuinen tarvitsee vanhempiaan vielä kauan, hän ei
todellakaan pärjää yksin. Omalla olemuksellaan vauva saa
ympärillä olevat ihmiset huolehtimaan itsestään. Teemu-pappi
kehotti kummeja opettamaan lapselle iltarukouksen.

Poika huusi melkein koko papin puheen ajan. Sitten hän nukahti kumminsa syliin.

Kun pieni Leo Otto Eemeli heräsi, hän hymyili ihanaa vauvanhymyä, oli kai tyytyväinen nimen saatuaan.

Toivon kaikkea hyvää pikkumiehen elämään ja vanhemmille viisautta ja voimia!

Jännä sattuma oli, kun pojan ja isän kastepäivän päivän numerot olivat samat, väliä oli neljäkymmentä vuotta ja kolme kuukautta.

Älä yhtään pelkää, minä suojelen 2024

Lumet satoivat aikaisin tänä syksynä, eivätkä sulaneet pois. Lehdet jäivät puihin monessa paikassa. Näyttää kummalliselta, kun lumet ovat maassa ja lehdet puussa. Kummalliselta näyttää myös entinen oppikoulun tienoo. Koulu, jota minäkin kävin seitsemän vuotta, siirtyi muistojen joukkoon, kun se purettiin tänä syksynä.

Kun kävin koulua, sen nimi oli Siilinjärven yhteislyseo. Rehtorina oli kunnioitettu Rauha Jaakkola. Hän opetti maantietoa ja biologiaa. Koulussa oli itsenäisyyspäiväjuhla vuonna 1967, kun Suomi täytti 50 vuotta.

Äitini ompeli siskolleni ja minulle siniset mekot juhlaa varten. Kankaat saatiin Patrun lähettämästä paketista. Patru oli tuberkuloosia sairastaneiden tukiyhdistys. Juhlat olivat hienot. Osalla pojista oli puku päällä. Itsenäisyyspäivän jälkeen aloimme odottaa joulua. Siskoni kanssa teimme joulupaperia. Äiti osti puotipaperia meille piirustuspaperiksi. Leikkasimme jouluisia kuvia ja liimasimme niitä paperiin keitetyllä perunalla.

Haimme siskoni kanssa sinä vuonna kuusen Piipon metsästä, siihen olimme saaneet luvan Piipon emännältä. Joskus naapurimme Veikko Rahikka toi meille kuusen, ja kävi aattoiltana pukkinakin. Jouluaatto oli mukavaa yhdessä oloa. Aamupäivällä valmistauduttiin joulun viettoon. Koristeita aseteltiin paikoilleen. Äiti sijoitteli kreppipaperikelloin somistettuja havuja ovien yläpuolelle. Kynttilöihin leikattiin valkoiset mansetit, omenia kiillotettiin. Kinkku oli otettu aamulla uunista.

Isä oli tehnyt itse kuusenjalan, jossa oli reikä keskellä. Siihen hän asetteli kuusen ja me lapset saimme sitä koristella. Kerran hiukseni kärähtivät, kun olin varomaton palavan kynttilän kanssa. Joskus valutimme talia lehdessä olevan pikkukuvan päälle. Kun tali oli jäähtynyt, siihen oli jäänyt kuva lehdestä. Siinä helposti poltti näppinsä, mutta hauskaa se oli.

Meidän kodin yläkerrassa asui isäni äiti, Malviina, hän oli syntynyt vuonna 1897. Yhdessä vietimme jouluaattoa. Kun mummo tuli arki-iltaisinkin alakertaan televisiota katsomaan, hän vaihtoi siistimmät vaatteet ylleen. ”Kun immeiset kahtoo!”

Joulua on tänäkin vuonna valmisteltu ja odotettu. Minä pääsin kuuntelemaan Kauneimpia joululauluja lapsiperheille kahden vuoden ja yhdeksän kuukauden ikäisen Leo-pojan ja hänen äitinsä kanssa. Hienosti Leo jaksoi olla kirkossa. Hän pääsi soittamaan marakassia muitten lasten kanssa kirkon etuosaan.

Oli paljon ihmeteltävää. Saarnastuoli oli pojan mielestä kiinnostava. Kun kerrottiin, että pappi nousee sinne, hän kysyi, että hyppääkö pappi sieltä alas? Kun meillä kotona leikittiin hämärässä perähuoneessa, poika lohdutti mummoa: ”Älä yhtään pelkää, minä suojelen, ei oo möököjä!” Lapsi on suuri ilonaihe. On ihanaa, kun saa olla mukana hänen elämässään.

Eläkeliiton pikkujoulussa esiintyivät seurakunnan pienet kerholaiset reippaasti. Tuli ikävä työajan lasten kanssa vietettyjä joulujuhlia. Lapset ovat aitoja ja joulu on heille suuri ihme.

Vaikea maailmantilanne ajatteluttaa. Sota-alueitten lapsilla ei ole edes perusturvallisuutta. Kunpa saataisiin rauha maailmaan, se olisi kaikkein paras joululahja.

Olemme tänä syksynä saaneet nauttia huikaisevan kauniista talvimaisemista ja pakkassäästä. Pian alkavat päivät saada lisää valoa, mennäänhän kevättä kohti.

Sattumaako?

Tutkimusten mukaan elämä on alkanut kehittyä maapallolla miljoonia vuosia sitten sattumalta elottomista molekyyleistä, jotka alkoivat liittyä toisiinsa.

Raamatun mukaan asia on kuitenkin toisin. Kristinusko opettaa, että kaikki on Jumalan suurta suunnitelmaa.

Miten omassa elämässäni? Onko kaikki ollut vain sattumaa? Miksi juuri minä olen minä. Eikö ollut sattuma, että äitini ja isäni tapasivat toisensa ja perustivat perheen. Että minusta tuli juuri minä? Olemme siskoni kanssa erilaisia monissa asioissa. Miksi olen juuri tällainen? En niin ahkera, en niin siisti, en niin taitava remonttihommissa.

 No, osaan minä jotain, mitä siskoni ei osaa, ainakin tehdä sukan kantapään. Lapsiakin olen osannut tehdä enemmän, minulla on niitä viisi, siskollani yksi.

Sattumalta, omasta mielestäni jouduin, tai pääsin töihin lasten pariin. Tuskin olisin suunnitellut vakaasti, että valitsen huonosti palkatun perhepäivähoitajan työn. Työ on kuitenkin ollut minulle rikasta elämää ja merkinnyt hyvin paljon. Sattumalta sain hyvät työkaverit, joilta sain tukea ja voimaa elämäni vaikeissa asioissa. Parasta olivat lapset. Työ oli sisällöltään rikasta ja antoisaa, eikä haasteita puuttunut. Jotkut sanovat elämästään, että "Päivääkään en vaihtaisi pois." Elämästäni en voi niin sanoa, mutta työstäni kyllä.

Oliko sattumaa, että menin naimisiin juuri tuon miehen kanssa? Eipä sitä siinä vaiheessa osannut ajatella muuta vaihtoehtoa, liekö ollut tarpeenkaan. Nuorena kaikki on niin suurta ja ainutkertaista.

Sanoisin, että nuori rakastaa rakkautta, onhan se niin ihanaa. Ei ole harkintakykyä, liekö sitä myöhemminkään niissä asioissa, en osaa sanoa.

Mutta liekö sattumaa tai ei, olen kuitenkin tyytyväinen, ettei minusta tullut isona lappuliisaa, eikä maalaistalon emäntää. Maalaistalon emännän työn vaatimaa ahkeruutta ja taitoa ei minulla olisi ollut. Lappuliisan työhön en millään olisi pystynyt, rankaisemaan ihmisiä sakkolapuilla inhimillisistä unohduksista.

Joten, hyvä siis, että olen juuri minä, olipa se sitten sattumaa tai ei!

Siihen loppui lukio

Punaisessa tiilitalossa, vanhassa kansakoulussa, jota bunkkeriksi sanotaan, pihan puoleisessa luokassa olivat ekaluokkalaiset syksyllä 1957, kun aloitin koulun. Alussa äitini saattoi minut, matkalla oli pelottava susikoira, joka usein juoksi irrallaan.

Järjestäjä auttoi opettajaa uunin lämmityksessä. Aamun avaus oli yhteinen kaikkien luokkien kanssa. Laulettiin virsi ja opettaja puhui. Osasin lukea mennessäni kouluun, luin jo oikeita kirjoja. Käsialani oli huono, ei se kelvannut opettajalleni Kaisa Lankiselle ollenkaan. Jäin laiskaan harjoittelemaan lyijykynällä. Vihko meni puhki, kun piti niin paljon kumittaa.

Käsitöissä tehtiin mustekynän pyyhin. Siinä oli pyöreitä kangaslappuja päällekkäin, ne oli yhdistetty napilla. Mustekynällä harjoiteltiin kaunokirjoitusta, jossa olin surkea.

Kouluruuista hernekeitto oli minulle ylivoimaisen vaikeaa syödä. Sanoin opettajalle, että äiti on sanonut, että minun maha tulee siitä kipeäksi. Ei opettaja pakottanut syömään. Omat eväät riittivät.

Neljänneltä luokalta pyrin oppikouluun. Pääsin vapaaoppilaaksi, koska olimme vähävaraisia, isäni oli sadan prosentin sotainvalidi. Mieliaineitani olivat ainekirjoitus ja piirustus. Kielet sujuivat kohtalaisesti. Matematiikka oli hankalampaa. Äidinkielenopettajani, joka oli myös luokanvalvojamme, luki joskus kouluaineitani ääneen.

Muutimme Varkauteen v. 1968 elokuussa. Syyslukukauden kävin Kuoppakankaan lukion seitsemättä luokkaa. Muutin Siilinjärvelle takaisin 1968 loppuvuodesta saatuani työpaikan pienen Minnan hoitajana. Siihen loppui lukion käynti. Olin kesällä tavannut tulevien lasteni isän. Seuraavana juhannuksena menimme naimisiin.

Kun Satu ja Maarit olivat syntyneet, pääsin kunnalliseksi perhepäivähoitajaksi. Perhepäivähoitajien peruskurssia kävin vatsassani kolmas tyttäreni, Saija. Saijasta kasvoi reipas tyttö, hän kuori jo neljävuotiaana perunoita hoitolapsille apunani. Työ oli rankkaa, yksin olin vastuussa kaikesta.

Olin Siilinjärven kunnan palveluksessa 42 vuotta. Ensimmäiset 19 vuotta tein työtä kotona. Kun pienenä keskosena syntynyt kuopus siirtyi erityisryhmään kuntoutuksellisista syistä, pääsin töihin päiväkotiin. Olin siellä kuusi vuotta, joista kolme erityisryhmässä. Siilinjärvelle oli perustettu Alaskan ryhmäpiste tilapäiseen käyttöön. Se oli kuitenkin toiminnassa yli 20 vuotta. Siellä oli mukava olla töissä. Meillä oli hyvä työryhmä, kolme, joskus neljäkin hoitajaa. Aluksi valmistimme ruuat itse. Kun lapsia oli yhä enemmän, joskus yhdeksäntoistakin, ruoka tuotiin Päivärinteen päiväkodin keittiöltä.

Olin Alaskassa tietokonevastaavana, kun kukaan muu ei ollut asiasta kiinnostunut, eikä halunnut kunnan koulutuksiin. Lasten läsnäolot piti merkitä Effica-ohjelmaan. Työvuorolistat tehtiin koneella. Teimme lapsille myös kasvunkansioita, otimme paljon valokuvia, joita tulostimme tietokoneelta. Alaskalla oli omat nettisivut, joiden päivitys oli minun tehtäväni.

Vuonna 2009 suoritin Portaanpäässä perhepäivähoitajan ammattitutkinnon yhdessä tyttäreni Saijan kanssa, joka myös oli kunnallinen perhepäivähoitaja. Myöhemmin autoin tyttärentytärtäni Emmaa lastenohjaajatutkinnon tehtävissä. Toimimme hänen kanssaan työparina, kun hän oli Alaskassa jonkun hoitajan sijaisena. Suoritettuani näyttötutkinnon sain ottaa vastaan opiskelijoiden näyttöjä Alaskassa.

Jäin eläkkeelle 2015 keväällä tehtyäni kaksi ylimääräistä työvuotta. Syksyllä minulle soitti päiväkodin johtaja. "Tulisitko vielä töihin yhdeksi vuodeksi? " hän kysyi. Mikäpäs siinä. Yhdessä nuoren, lastentarhan opettajana ensimmäistä kauttansa tekevän sosionomi Hannan kanssa hoidimme kaksitoista lasta syksystä kevääseen. Joukossa oli muutama erityislapsikin. Kyllähän se vuosi oli aika erikoinen ja vertaansa vailla.

Vuodet vierivät, miten minusta tuli minä

Kuva on otettu Ahmon lammen rannalla Räisälän mökin pihalla.
Vuosi on 1950. Olen noin puolivuotiaana äitini Irenen sylissä.
Kuvan on varmaan ottanut isäni Reino. On helteinen päivä.
Heinät tuoksuvat. Äitini ja minä olemme vähissä vaatteissa,
minulla vauvalla ei ole hattuakaan päässä.

Asuimme tuolloin Räisälän mökissä, äitini, isäni, mummoni
Malviina ja minä. Isäni Reino oli joutunut nukkumaan
kipsivuoteella selkärankatuberkuloosin hoidon vuoksi.
Vanhempani upottivat kipsin Ahmon lampeen, kun se oli tehnyt
tehtävänsä.

Siskoni Marjan ristiäiset olivat vuonna 1952. Minä istun isäni Reinon sylissä. Äiti Irene pitää Marja-vauvaa. Kuvassa on myös isäni äiti Malviina, joka oli minulle aina lempeä ja rakastava. Tuomien tuoksu leijailee ilmassa, on toukokuun kaunis, lämmin päivä. Kuvan on ottanut Marjan kummitäti Aili Parviainen. Asuimme jo pikkumökissä Hietarannassa. Olemme kaikki pyhävaatteissa, minulla on kaunis kukkamekko päällä ja hiuksissani on rusetti, kuten siihen aikaan oli tapana.

1957

Tammikuussa olen täyttänyt 7 vuotta. Syksyllä pääsen kouluun. Olen osannut lukea jo viisivuotiaasta. Asumme meidän omassa kodissamme Siilinjärven Hietarannassa. Meitä on viisi henkeä, äiti, isä, pikkusisko, pikkuveli ja minä. Minulla ja siskollani on kerrossänky. Minun sänky on sininen ja Marjan punainen. Heikki nukkuu häkkisängyssä. Syntymäpäivänäni mummoni Malviina tulee käymään. Saan uuden laamapaidan ja appelsiinin. Äidiltä ja isältä saan kiiltokuvia. Äiti paistaa köyhiä ritareita, jotka ovat herkkua sokerin kanssa. Mummo jää meille yöksi ja saan nukkua mummon kanssa olohuoneessa hetekassa. Illalla mummo lukee iltarukouksen.

"Armostas, oi isä, lainaa
mitä lapses anelee
Jeesus turvaksemme tule aina,
meitä myöskin auttele
Pyhä Henki armias,
lohduttaja laupias
rukouksen nöyrän kuulkoon
Aamen, ja se tapahtukoon"

Olen 10-vuotias, on vuosi 1960

On jouluaatto. Meillä tuoksuu kinkku. Omenat on kiillotettu. Äidin kanssa valmistimme eilen kookosrasvasta, kaakaosta ja riisimuroista makeisia. Illalla käy joulupukki. Se tulee silloin, kun äiti menee ullakolta pyykkejä hakemaan. Tiedän, että hän auttaa joulupukkia pukeutumaan. Minäkin olen ostanut joululahjoja pikkuveljille, joita on kaksi, viisivuotias Heikki ja kaksivuotias Hannu. Hannu saa pallon ja Heikki leikkiauton.

Marja-siskolle ostin kirjakaupasta kiiltokuva vihkon. Mummolle annan saippuaa ja äidille ja isälle soppakauhan. Illalla on ihana lukea uutta kirjaa, jonka sain. Se on Zora Punatukka. Sain myös lukollisen ruskean päiväkirjan.

Vuosi 1962. Sisarukseni Marja, Helkki
ja Hannu.

Esikoisena olin tottunut aina huolehtimaan pienemmistä. Kuvassa on loppukesä, elokuu ehkä. Takana näkyvät naapurimme Pirisen heinäseipäät. Muistan, kun äiti otti tuon kuvan meidän Felica-kameralla.

Asemani sisarusparven esikoisena vaikutti siihen, että minun oli helppo ryhtyä aikanaan hoitamaan lapsia työkseni. Myös kodin arvojen omaksumisesta on ollut hyötyä itselleni, perheelleni ja seuraavalle sukupolvelle. Kodin arvoja olivat rehellisyys, ahkeruus, säästäväisyys, asioista huolehtiminen, kunnollisuus. Hyvät tavat olivat itsestään selvyyksiä. En koskaan kuullut vanhempieni esimerkiksi kiroilevan.

31.5.1965

Olen 15-vuotias. Olipa iso työ opiskella tuota algebraa. Koko loppukevään laskin laskuja joka aamu herättyäni. Kiitos seisoo tuossa keskikoulutodistuksessa. Numero nousi seitsemään. Olen iloinen siitä. Todistuksen keskiarvo on vähän yli kahdeksan. Heinäkuussa alkaa rippikoulu. Menen leirille Heinämäen koululle. Leiri kestää kaksi viikkoa. Isä lupasi, että saan mennä isän Simson-mopedilla, kun olen jo täyttänyt 15vuotta.

1965

Kävin rippikoulun. Leiri oli heinäkuussa Kuuslahden Heinämäen koululla. Se kesti kaksi viikkoa ja viikonlopuiksi päästiin kotiin. Sain käyttää leiriajan isäni Simson mopedia. Kuvassa on meidän perhe. Olisiko kuvan ottanut kummitätini Irma Pappinen, en ole ihan varma.

Rippipäivänä heinäkuussa 1965

Sain rippilahjaksi vanhemmiltani hopeisen rannekorun, jossa oli keltainen kivi. Irma kummilta sain kalevalakorun, jonka nimi oli Tampereen lintu. Toinen kummitätini Ester lähetti minulle kultaiset korvarenkaat. Mummoltani sain virsikirjan, jossa luki nimeni kultaisin kirjaimin.

13.8.1967 Olen 17-vuotias

 Ei ole enää kauan lomaa jäljellä. Kohta alkaa lukion toinen luokka. Kesä meni nopeasti. Kesäkuun olin Tampereella hoitamassa enoni lapsia, Mattia ja Hannelea. Hämeen luonto on jotenkin vehmaampaa, kuin täällä Savossa. Siellä oli enon asunnosta ihan lyhyt matka Pyhäjärven rantaan.

Mukava oli tulla kotiin kuitenkin. Saan taas nähdä Riston. Mennään varmaan Kuuslahteen tanssimaan ensi lauantaina. Ostin palkkarahoillani Kuopiosta uudet farkut, ne ovat lantiohousut, ja punaisen Bossa Nova puseron. Housut maksoivat 14 markkaa ja pusero 12 markkaa. Viime viikolla sain rahaa lukijanvärssyistä, joita oli julkaistu Savon Sanomissa.

19.6.1970, olen 20-vuotias

Menimme naimisiin vuonna 1969. Nyt odotan ensimmäistä lastamme. Vauvan laskettu aika on heinäkuun lopulla.

Tuntuu vähän ankealta, kun en ottanut uutta mekkoa. Mutta kohtahan vauva syntyy, ja vaatteet taas mahtuvat.

On juhannus, kesä, kolmas yhteinen meillä. On meidän yksivuotis- hääpäivämme. Viime yö oli vaikea. Koski selkään ja rintaan oikealle puolelle. En saanut nukuttua. Nyt väsyttää. Pertti on sahannut puita, nätit pinot.

Vielä yksi kuukausi, niin vauvan pitäisi syntyä. Pertti toivoo poikaa, mutta kyllä pieni tyttö olisi minusta ainakin yhtä ihana. Yhtenä päivänä ompelin vauvan lakanan ja kaksi tyynyliinaa. Tämä asunto ei ole hyvä vauvan kanssa asua. Pyykitkin pitää käydä pesemässä monen sadan metrin päässä

Kasurisen saunalla. Saisimmepa asunnon, jossa olisi vesijohto.

Vuosi 1971

Olen mennyt naimisiin v. 1969. Nyt olen 21vuotias Meille on jo syntynyt esikoinen, Satu Maria Kristiina. Kuva on otettu Pertin vanhempien luona, heillä oli ehkä tuollainen sohva. Olisiko Pertin sisko ottanut kuvan?

Ensimmäinen lapsemme Satu
on yksivuotias.

Asuimme tuolloin Peltomäellä lähellä Siilinjärven kanttorilaa. Syksyllä aloin odottaa toista lastamme, Maaritia, joka syntyi kesäkuussa 1972. Olin onnellinen lapsistani.

1978 maaliskuussa, olen 27-vuotias

 Kun hiihtoloma oli edessä, ukki ja mummo hakivat meidän tytöt, Satun ja Maaritin Varkauteen mummolaan muutamaksi päiväksi. Satulla oli jo toisen kerran hiihtoloma, kun hän on toisella luokalla. Maarit on reipas tyttö, vaikka onkin kaksi vuotta nuorempi. Tytöt ovat ensin kaksi yötä mummon ja ukin luona ja sitten yhden yön sisareni Marjan luona.

 Mennään sitten loppuviikosta heidät hakemaan kotiin meidän volkkarilla. Onneksi kotona on pienimmäinen, kolme vuotta täyttävä Saija. Minullakin on lomaa tämä viikko perhepäivähoitajan työstä, jota olen tehnyt jo neljä vuotta.

Täällä Simonsalossa meillä on iso asunto kerrostalossa. Minusta on ihanaa istua kylpyammeessa lämpimässä vedessä ja nauttia. Saija kyllä viihtyy hoitolasten kanssa. Minna ja Tanja ovat hyviä leikkikavereita. Joskus on vaikeaa saada lapsia pysymään hiljaa, kun Pertti nukkuu yövuoron jälkeen.

1982

Perhe on kasvanut. Saija syntyi 1975. Kolmen tytön jälkeen saimme pojan, Tommin, 1981. Ihana tunnelma kuvassa!

Muistan, kun tytöt pukivat ylleen veljeni norjalaisen tyttöystävän neulomat villavaatteet, jotka he saivat joululahjaksi. Pieni Tommi sai lahjaksi toivomansa leikkihellan, joka oli hänelle tärkeä. Tässä vaiheessa olin jo ollut kuusi vuotta kunnallisena perhepäivähoitajana ja asuimme Ahmolla rivitaloasunnossa. Kaikki tytöt olivat jo koululaisia.

6.12.1982, olen 32 vuotta

Tänään on itsenäisyyspäivä. Leivottiin tyttöjen kanssa pipareita, niin kuin meillä on ollut tapana jo monena vuonna. Pieni Tommi halusi maistaa taikinaa, mutta ei tykännyt, vaan sylki sen äkkiä suustaan.

Ensi kuussa Tommi täyttää kaksi vuotta. Hän on meneväinen pikkumies, ennättää joka paikkaan. Ei ole kauan, kun poika juostessaan kaatui ja satutti suunsa. Verenvuoto ei millään lakannut, piti käyttää lääkärissä. Siellä odottaessamme verenvuoto loppui. Lääkäri kyseli tarkkaan molemmilta vanhemmilta, miten haaveri oli sattunut. Eipä siinä ollut mitään epäselvää. Tommia vahtiessa olisi pitänyt olla silmät selässäkin.

Kohta on joulu. Tytöt menevät ensi viikolla laulamaan Kemiran lastenpikkujouluun ala-asteelle. He ovat innokkaita ja reippaita laulajia, koko syksyn ovat käyneet seurakunnan lastenkuorossa. Asumme rivitalossa Ahmolla. Tytöt käyvät koulua ja minä hoitelen Tommia ja kolmea hoitolasta. Olen kunnallinen perhepäivähoitaja edelleen.

Vuosi 1989

Elämämme ei noina vuosina ollut helppoa. Kaikki tytöt olivat murrosiässä. Vanhimman vaikeudet olivat nujertaa minut kokonaan. Pieni Olli Mikael toi iloa murheiden keskelle. Hänellä todettiin neljän vuoden iässä ADHD. Hyvin kuitenkin mentiin eteenpäin vankan lastenhoitokokemuksen turvin

Olli Mikaelin kastepäivänä

28.10.1991

Olen 41-vuotia. Asumme Leppäkaarteessa ostamassamme omakotitalossa. Satu ja Maarit ovat täysi-ikäisiä ja Saijakin on jo viisitoistavuotias. Meille on kaksi vuotta sitten syntynyt toinen poika, Mikael. Tommi on 10-vuotias. Meidän ensimmäinen lapsenlapsemme on toisella vuodella oleva Aki poika.

Maarit, Jarkki ja pieni Aki saivat vähän aikaa sitten asunnon Siilinjärveltä. He muuttivat tänne Runnilta, jossa Maarit kävi emäntäkoulun.

Satu opiskelee proviisoriksi. Saija ja Tommi käyvät peruskoulua. Minulla on edelleen hoitolapsia. Pitää olla välillä silmät selässäkin, meidän kuopus on niin vilkas. Onneksi hoitolapset sattuvat olemaan rauhallisia. Mikael syntyi pienenä keskosena, kun raskausviikkoja oli 31+5. Pertti tekee edelleen kolmivuorotyötä

5.1.2005

 Olen 55-vuotias. Järkyttävä oli tapaninpäivänä tapahtunut tsunami Kaakkois-Aasiassa. Suomalaisia kuoli 179 henkeä.

Käytiin viikonloppuna isä-Reinon syntymäpäivillä. Hän on nyt 82-vuotias. Saatiin mukaan ysiluokkalainen Mikaelkin. Satu perheineen oli myös käymässä siellä pikkuisen Roosan kanssa. Roosamari on nyt yhdeksän kuukauden ikäinen, meidän kuudes lapsenlapsemme. Aki, lapsenlapsistamme vanhin on 15, Emma 13, Jere 7v, Eetu 6 ja Samu 5 vuotta.

Kova pakkanen on ollut nyt jonkun aikaa. Onneksi kotimme on lämmin, leivinuunia lämmitetään joka toinen päivä. Meitä on enää kolme henkeä asumassa kodissamme. Minä olen töissä ryhmäpiste Alaskassa. Meitä on neljä hoitajaa ja 19 lasta.

Kuvassa on kaunis elokuun päivä, äitini Irene ja isäni Reino joskus 2010-luvulla Könönpellossa takapihallaan.   Omenat kypsyvät ja kukat kukkivat puutarhassa.

Lapsuudenkodissani isän sana oli laki. Isäni sanoi, että se oli elämän parasta aikaa, kun sai omien lasten kanssa touhuta heidän ollessaan pieniä. Isä ei ollut katkeroitunut, vaikka häneltä terveys meni sodassa. Hän oli ylpeä saatuaan olla puolustamassa Suomea, isänmaatamme.

Äitini motto oli vaikeuksien kohdatessa: "Katsotaan huomiseen!" Meillä luettiin paljon.   Isäni kannusti minua kirjoittamaan, hän itsekin oli kirjoittanut joitakin runoja mökkipäiväkirjaan.   Ajattelen, että vanhempieni ansiosta minulla on itsetunto, jolla selviän aina. Osaan nauttia arjen pienistä asioista, vaikka vaikeuksiakin on.

Vielä kuolinvuoteellaan äitini harmitteli, kun ei ollut riittänyt rahaa meidän lasten kouluttamiseen. Vakuutin hänelle, että olen saanut tehdä juuri sitä työtä, joka on ollut minulle mieluista. "Hyvä, jos niin on", äitini huokaisi.

Yllä olevassa kuvassa olemme vuonna 2018 sisareni Marjan kanssa mökin rannassa. Isäni ja äitini ostivat kesämökin 90-

luvun alussa. Mökki oli meidän lasten käytössä vapaasti. Tuo oli äitini viimeinen kesä. Vietimme mökillä juhannuksen yhdessä. Tyttärentyttäreni Roosa oli mukana.

Meillä oli ikimuistoisen hauskaa. Pelasimme erilaisia pelejä, äitimme Irene oli erityisen taitava vuorovaikutus- ja arvausleikeissä. Olin mökillä yksinkin, joskus valokuvasin koko ajan. Joka kesä siellä oli joutsenia. Näimme, kun minkki ui lahden poikki. Kauriit kävivät joskus rannassa. Monenlaiset linnut pitivät konserttiaan.

Yhtenä aamuna näin, kun kiven päällä nukkui pieni jänis. Karhun jälkiäkin oli löydetty tontilta. Lähistöllä olivat satoisat marjamaat. Paljakkavuorelta oli upeat näköalat läheisiin vesistöihin.

Valokuvan otti Roosa, tyttärentytär.

25.7.2014, olen 64-vuotias

Huomenna on Isän hautajaiset. Hän kuoli 13.7.2014, 91-vuotiaana. Isälle tuli vatsasyöpä, joka oli levinnyt joka paikkaan. Kun kävin häntä sairaalassa katsomassa, hän puhui ihan sekavia.

Isä olisi halunnut tulla kotiin loppuaikana, mutta eivät uskaltaneet ottaa. Ymmärrän sen toisaalta, mutta se tuntuu silti pahalta. Tämä on ollut vaikeaa äidilleni. Mitenkähän hän selviää.

Aamulla lähdemme sinne ajamaan, koko minun perhe. On helle, pitkään lämpötila on kohonnut iltapäivisin lähelle kolmeakymmentä astetta.

Luemme Marjan kanssa adressit hautajaisissa. Minulla on myös muistelus luettavana.

Olen edelleen töissä Alaskassa, vielä vuosi, niin pääsisin eläkkeelle. Pidän työstäni, en halua vielä siitä luopua.

26.12.2022

Olen 72vuotias. Olen ollut eläkkeellä jo kuusi ja puoli vuotta. Aika on mennyt uskomattoman nopeasti. Asumme edelleen omakotitalossamme.

Onneksi Mikael käy auttamassa lumitöissä, siivouksessa ja muussakin, missä tarvitsemme apua. Ei Pertinkään vointi ole kovin hyvä. Minulla todettiin toukokuussa 2022 rintasyöpä. Olen saanut hoidot ja leikkaukset.

Tällä hetkellä voin melko hyvin. Pyöräilen melkein joka päivä. Neulon sukkia ja lapasia. Luen, teen ristisanatehtäviä, kirjoittelen.

Saimme vuonna 2021 kymmenennen lapsenlapsen. Se oli mahtava yllätys koko suvulle. Pieni Leo poika on kaikkien silmäterä ja rakas.

 On meillä jo kaksi lasta neljättäkin sukupolvea. Beeda, 6-vuotta ja Eelis 4- vuotta, ovat Emman pienokaisia. Minä olen vanhin meidän suvusta. Äidin kuolemasta tulee maaliskuussa neljä vuotta.

Kaipaan vanhempiani. He saivat elää pitkän elämän, vaikka lähtökohdat eivät olleet kovin hyvät. Melkein päivittäin haluaisin soittaa äidilleni, hänen kanssaan voin puhua kaikista asioista.

 2024 olen ottanut tämän kuvan. Siinä ovat nuorimmat lapsenlapseni Viivi 11 vuotta ja Leo kolme vuotta. Lapsenlapsia on kaikkiaan kymmenen, Aki, Emma, Jere, Eetu, Samu, Roosa, Eemil, Aapo, Viivi ja Leo. Neljättä polvea on kaksi, Beeda seitsemän vuotta ja Eelis viisi vuotta. He kaikki ovat rakkaita ja jokaiseen pidän yhteyttä. Leo poikaakin olen vielä jaksanut silloin tällöin hoidella, kuten heistä jokaista vuorollaan.

Olen rikas, minulla on ihana perhe!

Kirje sinulle, nuori ystävä

Rakas lapsenlapsenlapsenlapseni, siellä kaukana tulevaisuudessa, kirjoitan sinulle ajatuksiani. Sinun äitisi Beeda Maria on nyt viisivuotias tytön tylleröinen. Hän on aloittanut esikoulun. Villähteellä, jossa Beedan perhe asuu, on menossa kokeilu, jossa lapset menevät viisivuotiaina esikouluun, normaalisti esikouluun mennään kuusivuotiaana.

Minä olen sinun isomummosi Maaritin äiti. Olen hoitanut sinun isomummoasi, hän on minun lapseni, toinen tyttäreni. Olen hoitanut sinun mummoasi Emmaa, kun hän oli lapsi ja olen hoitanut sinun äitiäsi Beedaa sinä kesänä, kun Beeda oli vuoden vanha. Olen siis nyt jo aika vanha.

Maailma on muuttunut paljon minun aikanani ja muuttuu edelleen. Meillä on vielä ihana luonto, säilyisipä se entisellään myös sinun aikaasi. Toivottavasti ilmastonmuutos saadaan pysäytettyä, että voisit nauttia vuodenaikojen vaihtelusta, niin kuin minä olen tehnyt. Luonto on ihmiselle tärkeä, luonto hoitaa meitä.

Asumme sinun isoisoukkisi kanssa omakotitalossa, mahdumme hyvin, kun meitä on vain kaksi. Joskus oli vilinää, kun sinun isomummosi ja hänen sisaruksensa olivat lapsia ja asuivat kotona.

Nyt, kun kirjoitan tätä, kuuluu ulkoa välillä autojen hurinaa, kotimme on teiden risteyksessä. Kuuluu myös varisten vaakkumista. Tällä alueella on paljon harakoita ja variksia ja myös pieniä lintuja. Välillä oravat juoksentelevat puunrungoilla ja onpa jäniskin, iso rusakko, vieraillut meidän pihassa monta kertaa. Joskus pihassa on nähty fasaanejakin.

Haluaisin säilöä sinulle alkukesän linnunlaulua, syksyn kuulaita päiviä, talven timantteja ja kevään vehreyttä.

Elä ja ole ihmisiksi. Ole ystävällinen. Ajattele asioista positiivisesti, niin elämäsi on helpompaa. Tee parhaasi. Ole ahkera! Kaikkea emme voi muuttaa. Opettele hyväksymään se, mitä et voi muuttaa. Huomaa asiat, jotka ovat hyvin. Iloitse ja nauti elämästä! Tee sitä, mikä on sinulle mieluista. Opettele antamaan anteeksi.

Jokainen äiti on huolissaan lapsistaan. On elämäsi onnellisinta aikaa, kun lapsesi ovat pieniä. Heidän ongelmansa ovat vanhempien ratkaistavissa.

Aikuisten lasteni ongelmat ovat minua eniten elämässäni huolestuttaneet. On pitänyt hyväksyä se, että ei aina pysty auttamaan.

Mutta tärkeintä on rakkaus! Älä anna periksi. Rakasta lastasi, vaikka mitä tapahtuisi, sillä rakkaus kantaa!

Äitini Irene kertoo

Kiiltonahkakengät

Ajatuksia ensimmäisenä koulupäivänä vuonna 1932

Pieni mustatukkainen tyttö asteli hiukan kosteaa polkua varovaisesti ja hidastellen. Oli lokakuinen aamu, eikä maassa ollut vielä yhtään lunta.

Siellä se oli, matkan päässä, koulu, jossa tästä lähtien kuluisi monta pitkää vuotta. Hiukan jännitti ja pelottikin. Hän vilkaisi taakseen, koti oli aivan lähellä. Samalla kiinnittyi katse jalkoihin. Niissä oli uudet kiiltonahkakengät. Pappa oli raskinut ostaa juuri sellaiset kengät kirkonkylän nahkurilta, joita hän oli monta kertaa halunnut.

 Mutta kyllä siellä nahkurilla haisi pahalta, kun kävimme nämä ostamassa. Papan kertoman mukaan siellä valmistettiin nahkoja aivan alusta alkaen. Suurissa altaissa likosivat eläinten nahat. Ihan piti olla hengittämättä altaiden ohi kulkiessaan.

Elin Irene Hiltunen, ekaluokkalainen

Toisessa huoneessa istui kolme suutaria, jotka tekivät vaikka minkä kokoisia kenkiä. Mutta ei siellä ollut yksiäkään kiiltonahkakenkiä, vaan ne olivat nahkurisedän työhuoneessa. Siellä oli suuri kirjoituspöytä, joka oli täynnä paperiarkkeja.

Pöydällä oli myös kirjoituskone, joka kilahti somasti, kun nahkurisetä sitä käsitteli. Ikkunan edessä oli hylly. Se näkyi myös ulkopuolelle. Ja siinä hyllyssä ne kiiltonahkakengät olivat. Ne olivat mielestäni niin ihanat!

Pappa katseli ensin mustia ruojutkenkiä, ja sanoi että sellaiset olivat lämpimämmät. Sanoin ääni väristen, että onhan mulla töppöset vielä ehyet, ja ne oli edellistalvena ostettu kasvunvaran kanssa, niin lumikelillä ja pakkasella ne riittäisivät. Ja niin pappa suostui niihin kiiltonahkakenkiin!

Samalla pappa osti varsikengät Olli-veikalle, joka täyttäisi helmikuussa neljä vuotta ja Matti pallerolle, joka olisi tammikuussa kaksivuotias. Mattiveikan kengät olivat mielestäni nätimmät, kuin Ollin kengät, mutta pappa sanoi, että miehelle miehen malliset.

Nyt huomasin, että kenkäni olivat kuitenkin jo likaantuneet ja niihin oli tarttunut kulottunutta heinän kortta ja maahan varisseita puiden lehtiä. Äiti oli kyllä varoittanut, että älä astu lätäköihin, äläkä sotke kenkiäsi ja vaatteitasi. Ja suotta näin aikaisin oli koululle lähteä, kun ei siellä ole vielä ketään pihalla. "Odota, kun seinän takana asuvat sepänlapset lähtevät, niin menet niiden mukana!"

Samalla pikkuveli alkoi heräillä ja äidin oli kiiruhdettava häntä pelastamaan, ettei loikkaa sängynlaidan yli ja satuta itseään. Pikkuveli oli juuri oppinut sellaisen taidon, ei vain osannut varoa putoamistaan. Kuhmuja ilmestyi kerta kerran jälkeen päähän.

Tietysti itku seurasi putoamisesta. Livahdin kiireellä ovesta, huusin: "Hei, äiti, nyt minä menen!"

Etsin kiireesti nuttuni taskusta vastasilitetyn, taitoksillaan olevan valkoisen nenäliinan. Sillä karistin kengän päältä roskat pois ja pyyhin kengät kuivaksi. Näin, ettei nenäliina ollut enää puhdas, mutta työnsin sen vain taskuuni.

Lokakuinen kouluuntuloni johtui siitä, että olimme kokonaisen kesän olleet kaukana Pohjois-Savossa mummolassa, eikä pappa ollut jostain syystä päässyt meitä aikaisemmin hakemaan.

Asuimme pienellä tehdaspaikkakunnalla, Hirvensalmella, jossa oli aikaisemmin ollut paperitehdas. Se oli palanut myöhemmin. Mutta massaa siellä valmistettiin. Pappa oli pikkupomo, joka valvoi proomujen rakentamista ja lastausta ja maksoi palkat työmiehille tilipäivinä. Lastaussatamaan johti kapeakiskoinen rautatie. Massakollit oli lastattu pyörillä kulkevan lavan päälle. Lavoja, joita hevonen veti, oli pari kolme.

 Äitini ei tohtinut lähteä mummolasta yksin kotimatkalle, kun pelkäsi, ettei saa hallittua meitä lapsia. Tulomatkalla oli sattunut hankaluuksia.   Olli-veli oli erittäin vilkas ja joka paikkaan ennättävä. Äidin vahdittavina oli Matti -veli, matkatavarat ja muut asiat. Linja-autoa odotettaessa junamatkan jälkeen, pääsi Olli-veli karkaamaan.   Ei hän kuunnellut minua, vaan oli silmänräpäyksessä kadun toisella puolella häviten ihmisvilinään. Kohta kuitenkin poliisisetä talutti itkevää poikaa takaisin linja-autoasemalle, jossa odotimme.

Siinä lähellä oli jäätelökioski ja äidin pyytäessä poliisisetä kävi ostamassa meille tötteröjäätelöt. Kylmää se oli, mutta itse jäätelöstä en minä yhtään tykännyt, kun en tykännyt maidostakaan. Se tötterövohveli oli kyllä hyvää. Olli sai syödä minun jäätelöni.

Linja-automatka oli inhottava. Minua oksetti ja oli paha olla. Velipojat nukkuivat koko matkan. Ukki oli vastassa hevosella, mummolaan oli vielä matkaa seitsemän kilometriä. Alkumatka siitä oli kapeaa, mutkaista maantietä. Loppumatka oli kuoppaista ja kivistä kärrytietä. Kiesit olivat isopyöräiset ja ne heilahtelivat puolelta toiselle tien tasaisuuden mukaan. Matkan varrella oli joku portti, mutta myös monta veräjää, joista piti avata kaikki veräjäpuut, että kiesit mahtuivat niistä läpi. Minä sain toimia aina veräjänaukaisijana.

Mummolassa oli ihana olla, Mummoni Silja oli pienikokoinen, mustatukkainen, kumaraan painunut, aina hyväntuulinen ja hyvämuistinen. Päivisin näin hänen lukevan postillaa ja meille lapsille hän ulkomuistista luki Kalevalaa ja Kanteletarta. Sinä kesänä opin lukemaan ja etsin kaiken mahdollisen painetun. Löysin sellaisen kirjan, kuin Genoveeva, mutta ei mummo antanut minun lukea sitä, vaan sanoi, ettei se ole sopivaa luettavaa. Mummo lauloi usein virsiä, jotka hän osasi ulkoa.

Ukki oli hyvin pitkä minun mielestäni. Hänen kulmakarvansa olivat kasvaneet yhteen, ja mummo sanoi niitä katajapehkoiksi. Ukin mielestä ruokapöydässä piti olla hiljaa, eikä lautaselle ei saanut jättää ruokaa tähteeksi. Eihän ne pikkuveljet voineet pitää suutaan kiinni, vaan puhua pulputtivat yhtenään. Vähän aikaa ukki kuunteli, mutta sitten hän rykäisi, viikset viipottivat, kulmakarvat kohosivat. Ukki lausui: "Nyt syödään ja ollaan hiljaa!" Hän oli niin vihaisen ja hassun näköinen yhtä aikaa, että me emme Ollin kanssa uskaltaneet katsoa toisiimme. Meitä nauratti ihan kamalasti. Sitten ukki vasta vihainen olikin!

Mummolassa oli lehmiä, lampaita, sika, hevonen ja kanoja. Siellä oli myös kissa, jonka nimi oli Pentti. Pentti oli oppinut juomaan kahvia. Joka kerran se odotti omaa kahviannostaan ruoka-astialleen, ja kehnäsi mummon jaloissa niin kauan, kun mummo antoi sille kermalla jäähdytettyä kahvia.

Mummolassa oli sellainen tapa, että ensi kerran syötiin tukeva aamiainen kello kahdeksan. Sitten miesväki, ukki ja jos eno sattui olemaan kotona, pitivät ruokatauon, olivat ettoneella. Silloin piti lasten olla hiljaa. Sateisina päivinä miehet menivät aittaan, mutta aurinkoisina päivinä he kellahtivat pihanurmikolle. Silloin lasten piti mennä kauempana olevan riihen luokse keikkumaan.

Mummo ja äiti tekivät sisäaskareila. Puolelta päivin oli kahvitauko. Taas klo kaksi päivällä oli ruokailu ettoneineen. Neljän ja viiden välillä oli toinen kahvitauko. Sitten miehet tekivät omia hommiaan, korjasivat aitoja tai muita tarvekalujaan. Naisväellä oli omat hommansa karjan ja muun kodinhoidon lisäksi. Illallinen syötiin puoli kahdeksan jälkeen. Se oli usein uunissa pirteytettyä kokkelipiimää, paksua nyrkkirieskaa, usein haalean lämmintä, kuivattuja onki-, tai keväällä pyydettyjä verkkokaloja. Kalat oli suolauksen jälkeen kuivattu ulkona päreritilöillä. Joskus oli myös kapakaloista keitettyä soppaa. Siinä kalasopassa eivät ruodot pistelleet, sillä kalat oli kuivattu uunin jälkilämmössä. Hyvää se oli syödä.

Saunassa käytiin joka ilta. Näin jatkuivat kesäpäivät samankaltaisina. Ja nyt minä oli jo niin iso tyttö, että olin menossa ensi kertaa kouluun. Muut ikäiseni olivat aloittaneet koulunsa elokuussa. He tiesivät, miten koulussa tuli käyttäytyä. Tiesin, että opettajani nimi on Rauha ja hänen tyttärensä on Hilkka. Olin joskus edellistalvena saanut olla yhden kerran kuunteluoppilaana sepän Jennyn ja Paavon kanssa. Hilkkakin oli silloin siellä. Olin tavannut Hilkan myös pyhäkoulussa, jota Lavosen täti piti. En tuntenut kovinkaan monta koululaista, Arvosen Jennyn ja Gunnarin, Salmisen Toinin ja seinän takana asuvan Paavon ja Jennyn.

Arosen Jennyn ja Gunnarin vanhemmat olivat kummejani, mutta nämä koululaiset olivat jo ylempiluokkalaisia. Kertovat heidän opettajansa olevan nimeltään Anna. Hän oli kuulemma hyvin äkäinen. Jos oppilaat olivat vallattomia eivätkä kuunnelleet opettajan neuvoja, saattoi hän näpäyttää karttakepillä sormille niin lujaa, että karttakeppi katkesi.

Tunsinhan minä vielä yhden Anna-Liisan ja Arvin, joiden äiti kävi joskus meillä auttamassa pyykinpesussa. Lapset olivat ylemmillä luokilla ja Anna-Liisa oli hyvin mukava, mutta Arvia minä vähän pelkäsin.

Nyt olin jo koulun portilla, eikä koulun pihalla ollut vieläkään ketään. Pysähdyin siinä ja katsoin, näkyykö äitiä kodin pihalla, mutta ei siellä näkynyt. Koti oli niin lähellä, että ruokatunnilla sain käydä kotona syömässä. Niin sepänkin lapset kävivät.

Jo näkyi kaksi poikaa olevan tulossa toisella portilla. Isomman pojan nimi oli Erkki. Toinen poika oli pienempi, en tiennyt hänen nimeään silloin. Olimme kuitenkin luokkatovereita, sen huomasin myöhemmin. Jenny ja Paavokin tulivat ja Jenny kysyi, miksi en ollut odottanut heitä. He olivat käyneet minua kotoa kysymässä. Yhdessä menimme sitten koulun sen oven taakse, joka oli tipulaisten.

Piha alkoi täyttyä oppilaista. Opettajamme Rauha kehotti meidät jonoon kellon soitua. Menimme sisään luokkaan. Opettaja määräsi minut etupulpettiin Oskarin rinnalle. Koulu oli alkanut.

Ensimmäinen tunti hiukan jännitti. Myöhemmin huomasin, että olin tytöistä pienin ja Oskari oli pojista pienin. Siksi etupulpetti oli meidän olinpaikkamme. Luokassa oli myös toisluokkalaisia, joihin naapurin Jennykin kuului.

Koska olin tullut kouluun vasta lokakuussa, niin toiset ensiluokkalaiset olivat jo paljon edellä minusta. Opettaja antoi aakkosten malleja ja tyhjän sinikantisen vihon, johon piti kirjoittaa tikkukirjaimilla aa:sta alkaen, samaa kirjainta sivu täyteen. Sain myös kynän ja kumin. Alkuun painoin kynää liian lujaa ja jälki tuli sen mukaista. Lyijykin katkesi ja kirjaimet olivat liian tummia. Opettaja kierteli käytävällä katsellen tehtävien tekoa. Hän pysähtyi kohdalleni ja sanoi, ettei niin lujaa tarvitse kynää puristaa, vaan antaa sen kevyesti liikkua paperilla.

Vähitellen opin siihen, eikä kämmen enää hionnut. Laskentotunnilla sain pienemmän ruutuvihkon. Siinäkin oli siniset kannet. Laskuvihkoon piirrettiin kaikki numerot. Sivun alkuun oli opettaja tehnyt pari numeroa malliksi, ja sillä numerolla täytettiin sitten koko sivu.

Uskontotunti oli mielestäni mukava, olivathan äiti ja mummo kertoneet raamatusta. Samoin oli laulutunti kiva. Askartelutunnilla myös piirrettiin. Joskus oli voimistelua, sateella sisällä ja poudalla ulkona. Pelattiin palloa, juostiin viestiä, tai pelattiin muita seurapelejä. Eri viikonpäivinä oli oma lukujärjestys. Alaluokkalaisten koulupäivä oli vain neljä tuntia.

Ensimmäiselle välitunnille mennessä opettaja neuvoi, miten eteisessä olevaa juomalaitetta käytettiin. Hanasta käännettiin ja siitä alkoi pulputa vettä. Mitä enemmän hanaa käänsi, sitä korkeammalle vesipatsas pulppusi. Siihen kumartuneena pystyi juomaan vettä suuhunsa. Missään tapauksessa ei saanut suutaan laittaa hanaan kiinni, vaan piti ikään kuin ilmasta saada janonsa sammutettua. Samalla kerralla sain itselleni oman naulakkopaikan, johon voin ripustaa takkini ennen luokkaan menoa.

Ensimmäisellä välitunnilla jäin ujona seisomaan seinustalle. Kohta siihen pyrähti joitakin tyttöjä. Nimeltään he olivat Helmi, Martta, Maire ja Helmi. Maire sanoi, että ei hän ole muuta kuin kuunteluoppilas, mutta sai tänään tulla Reino veljensä mukana. "Kato, hän on tuolla!" Vilkaisin hänen osoittamaansa suuntaan, mutta en keksinyt, ketä hän tarkoitti, kun siellä oli monta poikaa.

Martta katsoi kenkiäni ja sanoi, että kyllä kenkäsi likaantuvat, sillä viimeinen tunti olisi joko voimistelua käsityöluokassa, jos sataa tai sitten ulkona, vaikka Kuka pelkää mustaa miestä, tai mitä muuta peliä tahansa. Opettajahan sen määräsi. Vilkaisin kenkiäni ja ajattelin, että ruokatunnilla vaihdan vanhemmat kengät jalkaani.

Pappa oli jo syömässä, kun juoksin ruokatunnilla kotiin. Se välitunti oli puolta pitempi, kuin muut välitunnit. "No, mitäpä meidän koululaiselle kuuluu?" kysyi pappa, kun istahdin ruokapöytään. Matti veikka oli jo päiväunilla. Olavi istui äidin vierellä ammentaen lusikalla kastiketta ja perunaa suuhunsa. Ruokaa näkyi menevän lautasen ympärillekin ja hänen puseronsa edustasta myös näki, ettei kaikki ruoka ollut sattunut suuhun.

Minulla ei oikeastaan ollut kovin nälkä, mutta söin kyllä perunan ja pilpun, ruisleipää. En halunnut maitoa, mustikkasoppa riitti juotavaksi. Pala suussa kiirehdin etsimään vanhempia kenkiäni. Toinen kenkä oli kadoksissa, mutta Olavi sanoi, että Matti pisti sen puulaatikkoon ja sieltähän se löytyi.

Matti veikka oli oppinut uuden metkun. Hän saattoi panna toiseen jalkaansa äidin kengän ja toisessa jalassa saattoi olla papan kalossi. Usein hän kupsahti kumoon isojen kenkiensä kanssa. Itkuhan siinä tuli. Mutta kohta se oli unohtunut ja sama vaellus huoneesta toiseen jatkui.

Tähän päättyi äitini kuoleman jälkeen löytynyt kirjoitelma. Mielelläni olisin lukenut

pitemmällekin sen ajan elämästä. Taitavasti
äitini kirjoitti.

Sadut

Kirjoitusryhmässämme oli pari kertaa tehtävänä kirjoittaa
satu. Sekin oli mukavaa. Lapsenlapseni Roosa ja Viivi piirsivät
kuvat.

Einon seikkailu

Metsässä oli talo, jossa asui muuan perhe. Perheeseen
kuuluivat äiti, isä ja kolme lasta. Vanhin lapsista oli Eino-poika.
Eino oli kuusi vuotta vanha. Hänellä oli kaksi siskoa, jotka olivat
hyvin pieniä vielä.

Heidän talossaan oli alakerta ja yläkerta. Einon elämä oli ihan
mukavaa. Hän leikki kotipihalla. Isä oli tehnyt hänelle
hiekkalaatikon. Olipa pihassa leikkimökkikin ja keinut.

Einon elämästä ei puuttunut, kuin yksi asia, leikkikaveri. Kaverin
kanssa kaikki olisi hauskempaa. Mutta he asuivat kaukana
muista lapsista. Siskot olivat vielä niin pieniä.

Eino keksi itselleen kaverin. Yhtenä päivänä se ilmestyi. Kun Eino oli tekemässä hiekkalinnaa, paikalle ilmestyi Reipas Reino.

"Nyt lähdetään seikkailemaan! ehdotti Reipas Reino, ja heti Eino oli valmis. Äiti laittoi pikkutyttöjä päiväunille ja isä teki etätöitä yläkerrassa. Kukaan ei kieltänyt Einoa.

Roosa

"Mennään rantaan!" sanoi Reipas Reino, ja Eino asteli hänen perässään kohti rantakallioita. Hän epäröi hetken, äiti ja isä olivat ankarasti kieltäneet häntä menemästä rantaan, sillä hän ei osannut vielä kunnolla uida. Reipas Reino ilkkui: "Et taida uskaltaa! Olet vielä niin pikkuinen!"

Eino kyllä uskalsi! Pian he olivatkin perillä. Eino hyppeli rantakivillä. Ranta syveni nopeasti. Miten kävikään niin, että yhtäkkiä Eino liukastui, ja humahti veteen.

Viivi

Eino katosi sukelluksiin pinnan alle. Hän huomasi olevansa ison kalan selässä. Kala kiidätti häntä jonnekin kauas syvyyksiin. He tulivat meren kuninkaan valtakunnan portille. "Täällä on taas yksi tottelematon lapsi! ilmoitti kala porttivahdille. "Sitten vaan pyrstön ja kiduksien kasvatukseen!" totesi porttivahti ja ohjasi Einon sisälle Ahdin valtakuntaan.

Ja ihan kuin saman tien olisi alkanut pyrstö kasvamaan Einolle, "En halua pyrstöä!" kiljaisi Eino. "Enhän voi pyrstön kanssa ajaa pyörällä, enkä kiivetä puuhun!"

"Tänne tarvitaan kyllä uusia työläisiä!" totesi porttivahti ja sulki portin Einon takana.

Merenkuningas Ahti saapui paikalle. Hänen pyrstönsä oli valtavan iso, ja siinä kimmelsi helmiä ja timantteja. Ahti katsoi Einoa: "Jaahah, taas yksi tottelematon ihmislapsi! Saadaan uusi työntekijä meidän valtakuntaan!"

"En halua, minä en tarvitse pyrstöä, tahdon omaan kotiin!" itki Eino.

"Olen tänään hyvällä tuulella, koska merenpohjaveikkaukseni on tuottanut minulle voittoa", lausui Ahti. " Saat yhden mahdollisuuden. Jos löydät tyttäreni Merinellan kadottaman helmen, joka kuuluu pyrstööni, päästän sinut vapaaksi, ja saat palata kotiisi. Siihen asti sinulla on väliaikainen pyrstö. Jos et löydä kadonnutta timanttia, pyrstöstäsi tulee pysyvä ja jäät minun valtakuntaani ikuisiksi ajoiksi!"

Porttivahti avasi oven ja Eino päästettiin uiden etsimään Ahdin timanttia.

Eino katseli pohjakivien takaa sieltä ja täältä, joka paikasta. Timanttia ei näkynyt. Eino oli jo epätoivoinen. Hän kävi kotirantansa laiturin altakin etsimässä. Sieltä hän löysi kaksi kaunista näkinkenkää ja poimi ne taskuihinsa.

Yhtäkkiä alkoi tuulla kovasti. Eino oli silloin rantahietikon lähellä ja aalto heitti hänet hiekalle.

Rannan hiekassa kimmelsi ihana valkoinen helmi. Eino koppasi sen käteensä juuri ennen kuin aalto heitti hänet taas syville vesille.

Eino ui suomuista pyrstöään heilutellen Ahdin valtakunnan portille. Porttivahti päästi hänet sisään.

"Löysin helmen!" riemuitsi Eino.

"Se oli sinun onnesi! Päästän sinut! Mutta muista, että jos vielä kerran tulet omin luvin rantaan, otan sinut ilman vaihtoehtoja työläisekseni", Ahti uhkasi.

Yhtäkkiä Eino kuuli isän huutelevan häntä. Eino huomasi olevansa rantahietikolla. Oliko hän nukahtanut?

Kun he isän kanssa kävelivät kotiin, Eino huomasi housuissansa suomuja. Mistä ne olivat tulleet? Housun taskusta löytyi kaksi kaunista simpukan kuorta. Eino antoi ne pienille sisaruksilleen.

Sininen huivi

Kun viime kesänä kävelin hiekkarannalla, löysin sinisen silkkihuivin riekaleita. Silkki oli haurastunut ajan kanssa, eikä siitä ollut enää paljon jäljellä. Joskus se oli ollut ehkä huivi. Kukahan huivin oli pudottanut?

Ehkä oli käynyt näin:

Kerran asui täällä mies Aino tyttärensä kanssa. Äiti oli kuollut lapsen syntyessä. Isä otti sitten uuden vaimon, joka synnytti kaksoistyttäret, joiden nimet olivat Liina ja Leena. Äitipuoli ei kohdellut miehen tytärtä hyvin, vaan hän joutui palvelijan asemaan talossa.

Eräänä päivänä taloon poikkesi kulkukauppias. Hänellä oli laukussaan kaikkea ihanaa. Silloin ei ollut vielä kauppoja eikä tavarataloja, joka kylässä, kuten nykyään.

 Tyttöjen teki mieli huivia, kauppiaalla oli kauniita, kalliita, kukallisia, mutta vain kaksi kappaletta. Äiti osti omille tyttärilleen kukkahuivit, niin ihanat.

 Täällä olisi vielä yksi, sanoi kauppias, ja nosti sivutaskusta sinisen yksivärisen huivin. "Tämä ei ole kallis, eikös teillä ole kolme tytärtä, "sanoi kauppias. Tytön isä sattui silloin juuri tulemaan kotiin. Niinpä nainen ei uskaltanut olla ostamatta huivia tytärpuolelleen.

Kulkukauppias olikin hyvä haltija. Kun hän poistui, hän kuiskasi tyttärelle, jota hänen tuli sääli: "Se on taikahuivi, kun käytät sitä, ja pyydät, niin, huivi toteuttaa kolme toivomustasi! Kaksi ensimmäistä toteutuvat, kun on täydenkuun aika. Kolmas toivomus toteutuu, vain kun satakieli laulaa."

Niin kului aika.   Syksyllä äitipuoli vei miehen tyttären puolukkaan kauas, kauas. Sinä vuonna ei näillä seuduilla ollut marjoja. Aino keräsi astiat täyteen ja päätti lähteä pois. Kotia ei kuitenkaan löytynyt millään.

Tuli myöhä, ja syysilta alkoi pimetä. Yhtäkkiä Aino huomasi pilvien takaa esiin ilmestyvän täysikuun. Aino sitoi huivin tiukemmin kaulaansa, ja lausahti: "Osaisinpa mennä kotiin!"

Siinä samassa lennähti Aino eteen puun oksalle punapyrstöinen kuukkeli. Se lensi oksalta toiselle ja visersi kutsuvasti. Aino lähti sitä seuraamaan ja löysi tien kotiin hetkessä.

Äitipuoli oli pettynyt. Hän luuli jo päässeensä miehen tyttärestä eroon. Kun puolukat oli siivottu ja survottu hilloksi, äitipuoli käski Ainon viedä hillosangon kellariin. Itse hän hiipi perästä ja paiskasi kellarin oven lukkoon. Sielläpä tyttö nyt pysyisi.

Aino oli ihmeissään, mitäs nyt pitäisi tehdä? Mutta kuu oli edelleen taivaalla, Aino huomasi. Hän tiukensi sinistä huivia kaulassaan, ja huokaisi: "Pääsisinpä pois täältä." Ja kuukkeli oli taas siinä, ikkunanluukusta se pudotti nokastaan Ainolle oven avaimen.

Äitipuoli ei uskaltanut yrittää mitään konstejaan pitkään aikaan. Tytöt kasvoivat. Ainon piti edelleen tehdä perheen työt. Hän kaipasi ystävää itselleen.

Tuli kesä ja juhannus sinä vuonna. Aino lähti rannalle kävelemään. Linnut lauloivat niin kauniisti. Joutsenpari ui lahdella. Peipposet visersivät ja jostain kuului ihana satakielen laulu. Huiviaan heilutellen Aino huokasi: " Saisinpa itselleni rakkaan ystävän."

Viivi

Kuinka sattuikaan, että rantakivikolla istui nuori mies onkimassa. He alkoivat jutella ja ihastuivat toisiinsa. He päättivät muuttaa yhteen ikiajoiksi. Niin he tekivätkin ja elivät onnellisina yhdessä elämänsä loppuun asti. Aino ei löytänyt enää sinistä huiviaan, olisikohan se unohtunut sinne rannalle?

Valkoinen lumme

Valkoinen lumme mieleeni tuo

ihanat päivät mökillä nuo.

Lapset on pieniä, elämä maistaa

ympärillä voi kesän haistaa.

Hellepäiviä, sateen ropinaa,

lintujen laulua, pikkujalkojen kopinaa

Niin monta ihmettä, uutta

luonnon salaisuutta.

Laiturilla kai keiju käynyt on,

vai liekö ne siivet sudenkorennon.

Rakastin

Rakastin niitä mökkipäiviä,

lämmintä saunaa,

hetkiä laiturilla, lumpeenkukkia ja ulpukoita.

Mökissä sateenropinaa kuunnellen, joskus oli ukkosmyrsky

Joutsenet uivat lahdella, näin aamuyöstä kauriin rannassa.

Järvellä ui minkki, majavat tekivät patoja

Linnut pitivät konserttiaan, kivellä nukkui pieni jänis.

Joskus soudettiin vastarannalle mustikkaan, kyllä itikat
hakkasivat.

Pilvettömänä iltana auringonlaskun valossa

koko maisema hehkui kultaisena,

Sinne se putosi, aurinko, horisonttiin…